の口

いとうみく

講談社

真実の口

装画　坂内 拓
装幀　坂川朱音（朱猫堂）

眞中《まなか》ありすと出会ったのは、いまから半年ほど前、中学三年の冬のことだ。

朝から降っていた雨は、塾《じゅく》が終わるころには雪に変わっていた。

同じ中学の青山湊《あおやまみなと》とコンビニで肉まんを買い、食べながら家路を急いでいると、通り沿いにある祠《ほこら》の前に赤い傘《かさ》をさしただれかがしゃがみこんでいた。それは一見して異様というか不気味な光景だった。おれと湊が足早にそこを通り過ぎようとすると、赤い傘がふわりと揺《ゆ》れて立ちあがった。

おれは小さく声をあげ、湊は肉まんを喉《のど》に詰《つ》まらせた。

「あ、ごめんなさい」

赤い傘の主が振《ふ》り返《かえ》り、傘をかしげた。紺《こん》のダッフルコートを着た、髪《かみ》の長い小柄《こがら》な女子だった。

その子はおれたちの顔を見ると、少し驚《おどろ》いたような顔をした。

「あの、松ヶ丘《まつがおか》中の人ですよね。わたし三年二組の」

「知ってる！」

ケホケホ咳《せき》をしながら湊は肉まんをつかんだまま指さした。

「二組の七海《ななみ》……未央《みお》ちゃん！」

湊が言うと、その子はほっとしたように口元から白い息を薄《うす》くこぼして表情を緩《ゆる》めた。

「なんで隣《となり》のクラスのこと知ってんだよ」

「夏休み明けに転校してきた子じゃん。うちのクラスでも話題になってたっしょ」

「そーだっけ」

と言いながら、なんとなく思い出していた。中三の秋口に転校生なんてめずらしいってこともあったけれど、それより転校生の父親が有名人だとかで、ちょっとうわさになっていたのだ。

「あの」

「あ、ごめんなに?」

おれが言うと、七海はちらとうしろを振《ふ》り返《かえ》った。

ん? と視線を向けると、祠《ほこら》の前に黄色い傘《かさ》をさした小さな子がしゃがんでいた。傘の柄《え》を肩《かた》にのせるようにして、膝《ひざ》を抱《かか》えている。

おれは、ひっと声にならない悲鳴をあげた。怪談《かいだん》もホラーもおれは苦手なのだ。心臓がばくばくいっている。と、隣で湊が「節子《せつこ》」とぼそりと言った。

「知ってる子⁉」

七海が目を見開くと、湊はううん、と肩をあげた。

「でもいま、セツコって」

「『火垂《ほた》るの墓《はか》』の。知らない？　ちょー有名なアニメじゃん」

「知ってるけど、それがなんなんだよ」

湊をにらむと、「だって」と祠《ほこら》の前の女の子を指さした。

「節子っぽくね？」

……たしかにおかっぱ頭に黄色い傘《かさ》というのは、穴の開いた番傘をさしている『節子』に似ているような、って、おいっ。

七海は一瞬《いっしゅん》、唖然《あぜん》とした顔をしたけれど、すぐにそれを振《ふ》り切《き》るようにかぶりを振った。

「この子、迷子みたいなの」

「迷子？」

「このまま放っておけないでしょ。でも、なんにも答えてくれなくて」

そう言って七海はまた、その子の前にしゃがんだ。

「お名前、教えてくれないかな」

節子はぴくりともしない。

「おうち、どっちのほうかな。住所言える？」

「…………」

「うーん、ママかパパの電話番号、わかるかな？」

「…………」

「大丈夫《だいじょうぶ》だよ、お姉ちゃんは悪い人じゃないから。怖《こわ》くないよ」

七海は、おれたちとの会話よりゆっくり、文節ごとに区切るようにして話しているけれど、どの問いにもその子は答えない。

「どうしよう、さっきからずっとこんな感じなの」

と、七海は顔をこっちに向けて、泣きそうな顔をした。

どうしようと言われても、わかるわけがない。おれは生まれてこの方、こんなちっこい人間と接したことはないし、そもそも苦手なんだ、ちっこい生き物っていうのは全般的《ぜんぱんてき》に。

おれが首をひねると、シャーベット状に積もり始めている雪を跳《は》ねあげて、湊が勢いよく節子の前にしゃがんだ。「ん」と、顔の前に「つぶつぶぶどうグミ」の小袋《こぶくろ》を掲《かか》げた。

「手、出して。これ最近のおれのイチオシ。食ってみ」

節子は驚《おどろ》いたように顔をあげると、じっと湊を見て、それから右手を開いた。湊が小袋を振《ふ》ると、ころころと節子の手のひらにグミが三粒《つぶ》転がった。

つぶつぶぶどうグミってこんなに大きかったっけ？　と思って、ああ、と気が付いた。手が小さいのか。

おれはそっと自分の右手を開いてみた。

「うまいっしょ」

湊の声に視線を動かすと、節子はくちゅくちゅと口を動かしている。七海がやわらかな声でもう一度話しかけた。

「お姉ちゃん、七海未央っていうの。こっちのお兄ちゃんたちは、同じ中学の、えっと」

「おれ、青山湊。こっちは周東律希《すとうりつき》」

湊がおれの分まで自己紹介《しょうかい》をすると、七海は（ありがとう）と言うように、湊にちょんと頭を下げた。

節子は、手のひらにのっているグミをもう一つ口に入れた。

「お名前、言えるかな？」

「まなかありしゅ」

モナカアイス？

なに言ってんだ？　と、戸惑《とまど》うおれの横で七海は笑顔《えがお》でうなずいた。

「まなか　ありすちゃん？」

節子は、こくんとうなずいた。

モナカアイス、マナカアリス……って、よく一発でわかったな。おれが感心していると、「不思議の国のアリスってどんな話だったっけ」と、湊はどうでもいいことをつぶやいた。七海はそれをきれいにスルーして、質問を続けた。

「ありすちゃんね。ありすちゃん、何歳《なんさい》？」

節子……もとい、ありすは左手の指を四本立てた。

「四歳か」

「おれんちの弟と一緒《いっしょ》だ」

また湊がどうでもいいことで口をはさんだけれど、七海は笑顔《えがお》のまま、ありすに話しかける。

「じゃあ、おうちのそばに、どんなものがあるかな。そうだな、たとえば公園があるとか、なにかお店があるとか」

ありすは、視線をわずかにあげて口を動かした。

「うみ」

「うみ？　うみって、おさかなとか船の浮《う》かんでる海？」

ありすはこくりとうなずく。

このチビ、なに言ってんだ。この街に海はない。

七海がどうしよう、とばかりに顔をあげると、「海賊公園《かいぞくこうえん》じゃね？」と湊が言った。正式には和泉《いずみ》三丁目公園。海賊船をモチーフにした大きな遊具があるから、「海賊公園」で通ってる。

「あ、そうか。おうちのそばに海賊公園があるんだね」

華《はな》やいだ声で尋《たず》ねた七海に、ありすは首をかしげた。

どうしよう……とばかりに七海がこっちを見ると、湊はさあ、と肩《かた》をあげた。

「あのさ、さっきから思ってたんだけど、交番に連れてけばよくね？」

おれが言うと七海は「だよね」と二度瞬《まばた》きをした。

ところが……。「おまわりさんにおうちを捜《さが》してもらおう」と七海が手を伸《の》ばすと、ありすは首を横に振《ふ》った。

「どうして？　パパもママも心配してるよ」と言うと、さらに大きく首を振るばかりで、立ちあがろうともしない。今度は湊のグミにも釣《つ》られなかった。

いつの間にか雪はやんでいたけれど、さっきより気温は下がった気がする。立ち止まっていられず、おれも湊も無意識にからだを揺《ゆ》らしながら足踏《あしぶ》みをしているのに、ありすはしゃがんだまま微動《びどう》だにしない。もしかして凍《こお》ってる？

いや、冗談《じょうだん》でなく、こんな寒空の下にいたらやばい。おれも！

こうなったら強行突破《とっぱ》だ。

「これ持ってて」

おれは湊に傘《かさ》を押《お》し付《つ》けて、「交番行くぞ」と、ありすを抱《だ》きあげた。

かるっ。拍子抜《ひょうしぬ》けするほど軽い。子どもってこんなもんなのか？

次の瞬間《しゅんかん》、腕《うで》の中で獣《けもの》のうなり声のような低い声がして、ありすが手足をバタつかせた。

「わっ、やめろ」

腕からありすを落としそうになる。と、湊と七海が駆《か》け寄《よ》って手を添《そ》えた。

「いてっ！」

ありすの右足が、湊のあごに入った。

「ありすちゃん、大丈夫《だいじょうぶ》だから。ね、落ち着いて、お願い」

七海は必死になだめる。

まるで誘拐《ゆうかい》だか拉致《らち》でもしているような体《てい》で、なんとか七、八分ほど先にある駅前の交番までたどり着いた。

警察官は最初、おれたちに鋭《するど》い視線を向けたけれど、七海がこれまでのことを簡潔に話すと、あっさり信用してもらえた。というか、誘拐犯が交番に子どもを連れてくるなんてことはありえないわけで、警察官もそこを疑ったわけじゃないんだろう。

交番に着くと、ありすはつきものが落ちたようにおとなしくなった。代わりにからだをこわばらせ、つま先をじっと見つめたまま固まっている。

「お嬢《じょう》ちゃん、お名前聞かせてもらえるかな」

警察官が腰《こし》をおろして尋《たず》ねたけれど、ありすは微動《びどう》だにしない。

「うーん、おじさんたちおまわりさんは正義の味方だからね、怖《こわ》くないよ。みんなのことを守るのがお仕事なんだよ」

すると、ありすは顔をあげて警察官の顔をじっと見ると、おれたちのほうに目を動かした。七海がありすの前にしゃがんだ。

「本当だよ、おまわりさんは、ありすちゃんのことを守ってくれるんだよ」

七海が言うと、わずかにありすのからだから力が抜《ぬ》けたのがわかった。

それからもう一度、警察官に名前を聞かれると、「まなかありしゅ」と、さっきおれたちに言ったときのように答えて、指を四本、顔の前に立てた。

「四歳《さい》です」と、七海が通訳する。

警察官は「ありがとう」とうなずき、電話や無線でどこかとやり取りを始めた。

ほっとして疲《つか》れが出たのか、パイプいすの上でこくりこくりし始めたありすを、警察官が奥《おく》の和室に寝《ね》かせてくれた。

おれたちは、もう帰ってもいいと言われたけれど、ここまできて見届けないというのはなんとなく気持ちが悪い。それに眠《ねむ》っているありすを一人残していく気にはなれず、もうしばらくありすのそばにいることにした。

二十分ほど経《た》ったとき、ありすの母親がこっちに向かっていると連絡《れんらく》が入った。母親の話では、ありすは夕方、家の前であそんでいた。夕食の時間になっても戻《もど》ってこないので外へ出ると、姿が見えなかった。それでついさっき近所の交番へ行ったところ、保護されていることがわかったということだった。

交番の壁《かべ》かけ時計を見ると、針は午後八時五十分をさしていた。

夕食が何時なのかは知らないけれど、いまごろになって交番へ？　遅《おそ》くないか？　たしかに交番に行くと大ごとになりそうで躊躇《ちゅうちょ》するのはわからないでもないけど……。四歳《さい》の子がいなくなったのに、そんなもんなんだろうか。

それから十分ほどして、母親が迎《むか》えに来た。

茶色いロングのダウンコートを着た、こぎれいな感じの母親だった。年は二十代後半くらいだろうか。

「申し訳ありません」と警察官に言い、「心配したのよ」と母親はありすを抱《だ》きしめたけれど、ありすは寝《ね》ぼけているのか、ぼおっとした顔をしていた。

「あの」と七海が母親に声をかけると、そうそうと警察官はおれたちのほうに手を向けた。

「彼《かれ》らが保護して交番へ連れてきてくれたんですよ」

「ありがとうございました」とささやくような声で母親は礼を言って、小さく会釈《えしゃく》をした。

帰り道、おれたちは無口だった。おれには湊や七海がなにを考えていたのかはわからないけど、とにかくおれは疲《つか》れていたし、猛烈《もうれつ》に腹も減っていた。

「わたしこっちだから」

和菓子屋《わがしや》の手前で七海は足を止めた。

「送ってこうか」と、声をかけると、「すぐそこだから。ありがとう」と、七海は笑顔《えがお》を見せて、右手を軽く振《ふ》った。

「送ってこうか、だって〜」

七海の背中に目をやって、湊がにやつきながらおれをいじってきたけど、それに付き合うだけのゆとりもなく、「うっせーよ」とだけ言って足を速めた。


あの日から四週間。受験生にとってはいま一つ盛りあがらない年末年始が過ぎて、一月も半ばになった。

「周東、青山、ちょっといいか」と、給食のあと担任の真壁《まかべ》に声をかけられた。

なにかしたか？　おれと湊が顔を見合わせると、真壁はなにやらあやしげな笑みを浮《う》かべて、こいこいと手招いた。しかたなく廊下《ろうか》に出ると、隣《となり》の教室から七海も二組の担任と一緒《いっしょ》に出てきた。

あれ以来、七海とは校内で顔を合わせると、軽く挨拶《あいさつ》をするようになった。

七海さんも？　と視線を送ると、周東君たちも？　というようにこっちを見た。とりあえず、それぞれ担任のあとについて一階まで行くと、職員室の隣《となり》のドアの前で担任二人は足を止めた。

「校長室じゃん」

湊が言うと、「ちゃんと挨拶しろよ」と真壁が振《ふ》り向《む》いた。

なんなんだ、といぶかりながら、ふと先輩《せんぱい》から聞いた話を思い出した。何年か前まで、三年の冬になると一人ひとり呼び出されて、校長室で受験の面接練習をしていたらしい。いまの校長に変わってからは、やらなくなったようだけど……。もしかして復活させた、とか？

だったら先に言ってくれ。いきなり面接なんてされても、まともに答えられる気がしない。

ちっ。舌打ちしたおれを真壁は軽くにらみ、咳払《せきばら》いをしてからドアを三度ノックした。

「どうぞ」

部屋の中から聞こえる声に、「失礼します」と真壁がドアを開けると、校長がにこやかな笑《え》みを浮《う》かべて立っていた。

「昼休みに悪いね。さあ、入って入って」

校長にうながされて、湊、おれ、七海、そのうしろから担任二人が中に入った。

教室とも職員室とも視聴覚室《しちょうかくしつ》とも違《ちが》う甘《あま》いにおいに視線をあげると、窓際《まどぎわ》にユリの花が飾《かざ》ってあった。

このにおいか、と思いながら視線を動かしてびくりとした。ずしりとした飴色《あめいろ》のソファーに、警察官が二人座《すわ》っている。一人は校長と同じくらいのおっさんで、もう一人は二十代くらいの若い警察官だ。ソファーの横には、首からカメラを下げた男の人と、スーツ姿の女の人が立っている。

なにごとかと、おれたち三人が顔を見合わせた瞬間《しゅんかん》、警察官二人が立ちあがった。右隣《みぎどなり》にいる湊は半歩足を下げ、左隣にいる七海はくいっと顔をあげた。

「あの、わたしたちなにか」

七海が言うと、校長は満面の笑《え》みでうなずいた。

「きみたち、迷子の女の子を保護して、交番へ連れていったそうだね」

想定外のことばに、「へっ？」と間の抜《ぬ》けた声が出た。

「大変、素晴《すば》らしいことをしました」

校長はそう続けると、満足そうにおれたち一人ひとりの手を握《にぎ》って、警察官のほうを振《ふ》り返《かえ》った。

「じつは、青露《せいろ》警察署がきみたちに感謝状をくださるそうです」

「感謝状⁉」「マジ」

七海と湊の声が重なった。

「先週、打診《だしん》をいただいてね。おうちの方にもご相談したうえで、お受けすることにしたんです」

……はっ？

「わたし、なにも聞いてないですけど」

七海が言うと、校長は口角をあげてうなずいた。

「きみたちは受験前の大事な時期ですからね、あまり早くに知らせて浮《う》き足立《あしだ》たせるのはよろしくないということで、サプライズにしたんです」

サプライズって……。

おれたちが引いていることを察したのか、「校長先生」と、おっさん警察官が口をはさんだ。

「やはりこういうことは、ご本人の意思を確認《かくにん》していただかないと」

そう言っておれたちのほうにからだを向けた。

「もし、ご辞退されたいということでしたら」

「まさか！」と、真壁が校長とおれたちをちらちら見ながら割って入って来た。

「ありがたいお話じゃないか。辞退なんてしないよな」

「あ、おれ、辞退しなくていいっす！」

「……わたしも。でも親じゃなくて、直接言ってほしかったです」

湊と七海が言うと真壁はほっとしたようにおれを見た。

「周東もいいよな」

まあ、と小さくうなずいた。

べつに感謝状をもらうのがいやなわけじゃない。ただ、勝手に大人サイドで決めて、それが当然って顔をされるのは納得《なっとく》がいかなかっただけだ。それに……。

「おれたち、ただ交番に連れていっただけで、たいしたことはしてないですけど」

まあ、連れていくまでが、なかなかに大変ではあったけど。

「それが事件事故を未然に防ぐことにつながった、ということです」

おっさん警察官はおれに向かってゆっくり頭を動かして続けた。

「あのあたりは人通りも少ないし、線路も近いですから。一つ間違《まちが》えたら事故に巻きこまれていたかもしれません。地域の安全を守るのは、われわれ警察の仕事ですが、みなさんのこうした適切な判断や勇気ある行動が、事件や事故を防ぐこともあるんです。だから本当にありがとう」

そのことばに、七海は頰《ほお》を赤くして小さくかぶりを振《ふ》り、湊はういっすと口先で言いながらにやついていた。

「紹介《しょうかい》が遅れました。こちらは生活安全課の課長さんで、今日は署長代理ということでいらっしゃいました」

校長は、おっさん警察官をそう紹介《しょうかい》し、真壁に、おれたちを紹介するよう促《うなが》した。

「では、こちらから、三年一組の青山湊君、同じく一組の周東律希君、二組の七海未央さんです」

真壁が紹介するたびに、課長はまっすぐ一人ひとりと目を合わせて、「ありがとう」とうなずいた。それから「では」と言うと、若い警察官がおもむろに棚《たな》の上に置いてある黒い盆《ぼん》を差し出した。課長はその上にある賞状を手に取ると、湊の前に立った。

感謝状

青山　湊　様

あなたは令和六年十二月十七日、
四木市上幸町《しきしかみさいわいちょう》地内において、
夜間一人でいる女児を心配し、
声をかけ、交番へ連れていくといった

適切な判断と思いやりある対応をし、
事件事故の未然防止に
大きく貢献《こうけん》されました。
ここに深く感謝の意を表します。

令和七年一月十七日
青露警察署長　北野源太郎《きたのげんたろう》

感謝状が差し出されるとシャッター音が鳴り、湊はめずらしく緊張《きんちょう》した面持《おもも》ちでそれを受け取った。次に七海、おれの順に、一人ひとり感謝状が手渡《てわた》された。

「写真撮《と》るから、感謝状を持ったまま三人ともそこに並んで」

カメラマンに言われて壁際《かべぎわ》に並ぶと、フラッシュと派手なシャッター音に包まれた。

「あ、その笑顔《えがお》いいね。きみももう少し口角あげて。じゃあ、みなさんも入ってください」

と警察官も校長も入っての撮影《さつえい》が続いた。ふと見ると、その様子をスーツ姿の女の人がビデオカメラで撮影している。

「あれってテレビかな」

湊がこそっと耳元で言った。

そのあと、「少しお話聞かせてください」と、カメラの女の人が声をかけてきた。

『お手柄《てがら》中学生　仲よし三人組！』

なんとも痛い見出しで、おれたちのことは翌日土曜日の地方紙とネットニュース、それからローカルテレビで取りあげられた。中でもテレビでは「一番星きらり」というコーナーで、表彰《ひょうしょう》されている映像とインタビューの様子がそこそこの尺を使って放送された。

──雪も降っていたし、ほうっておけなくって。
七海は少しはにかみながらも滑舌《かつぜつ》よく答え、
──おれ、弟がいるんで、ちっこいやつの扱《あつか》いは、なれてるっつーか。
湊はへらへらしながらもテンション高く話し、
──ただ、交番まで連れてかないとって……それだけです。
と、おれはぼそぼそしゃべった。
放送を観《み》ながら、母さんは「もうちょっと愛想《あいそ》よく笑えばよかったのに」とか「おなかから声出さなきゃ」とか「やだ、寝《ね》ぐせついてる」とか、次々にだめ出しをしながらも、しっかり録画していた。それで、おばあちゃんにも観《み》せてあげなきゃなんて言っていたけれど、放送後すぐに、ばあちゃんからも、親戚《しんせき》からも、保育園や小学校のときの友だちや担任からも次々に電話やラインが来て、おれより母さんや父さんのほうが舞《ま》いあがっていた。

湊んちはばあちゃんが赤飯を炊《た》いて、感謝状を仏壇《ぶつだん》に供えて拝んでいたらしいし、七海のところは、父親が最新のスマホを買ってくれると言ったらしい。

赤飯や仏壇はともかく、スマホは心底うらやましかった。おれは最新どころか、スマホ自体持っていない。「スマホは高校に入ってから」という謎《なぞ》のポリシーをうちの親たちは断固として貫《つらぬ》いているのだ。

ともかく、おれたちは地元限定ではあるけれど、一躍《いちやく》時の人になった。といっても、中三のおれたちはそのあとすぐに受験へと突入《とつにゅう》していったわけで、盛りあがりはそう長くは続かなかったけれど。

受験が終わり、卒業、入学とパラパラマンガのように月日は流れていった。

高校は湊とも七海とも、ばらばらになった。湊とはときどき道で顔を合わせることはあったけれど、高校生になってから三か月の間、おれたちは互《たが》いに連絡《れんらく》を取り合うこともなかった。

だから、七海から電話がかかって来たときは正直驚《おどろ》いた。驚いて、ちょっと胸が弾《はず》んだ。

第一章

「周東君《すとう》、こっちこっち」

駅前のファストフード店に入ると、奥《おく》のテーブルで七海《ななみ》が手を振《ふ》った。おう、と右手をあげてから、カウンターの店員にコーラのMサイズとナゲットを注文した。

それをトレーにのせてテーブルへ向かうと、七海が口角をあげた。

あれ、なんか変わった？　中学のころよりなんというか、妙《みょう》に女子っぽく見える。

「周東君、ぜんっぜん変わってないね」

おいっ。

「悪かったな」

ががっと音をたてていすを引き、乱暴に座《すわ》ると、七海はくすりと笑った。

「久しぶりだね」

「あ、うん」

と、ストローに口をつけて、正面に座っている七海を上目遣《うわめづか》いで見た。

わかった、髪型《かみがた》のせいだ。

「切ったんだ」

「ん？」

「髪《かみ》」

　ああ、と七海は右手を髪にあてた。

「ヘアドネーションしたくて、中学のときはずっと伸《の》ばしてたの」

「ヘアド」

「知らない？　ヘアドネーション。医療用《いりょうよう》ウィッグに使う髪の寄付のこと。小児《しょうに》がんとか事故で脱毛《だつもう》しちゃった子がいるでしょ。そういう人の役にたてたらいいなって思って、ずっと伸ばしてたの」

　七海はなんでもないことのように言ったけれど、おれは驚《おどろ》いた。髪型なんて、似合うとか、手入れが楽だとか、そんなことしか考えたことなかったし。

「すげーな」

「すごくはないよ」

　七海は短くなった髪を耳にかけた。

「すげーよ。おれ、見ず知らずのだれかのためにとか、だれかの役にたちたいとか考えたこともないし」

「考えなよ」と七海は苦笑《くしょう》した。その表情が妙《みょう》に大人びて見えて、なにやら悔《くや》しい。

「あっ、おれも変わったことあった」

尻《しり》のポケットからスマホを取り出し、どうだ、とばかりに掲《かか》げると、七海は顔をくしゃくしゃにして笑いながら、「ライン交換《こうかん》しよ」とスマホを取り出した。

「ん」とタップしてQRコードを開くと、七海はそれを読みこんだ。すぐに《よろしく》の文字と、ショートカットの女の子が旗を振《ふ》っているスタンプが送られてきた。

おれもすぐに、ばいきんまんの「りょうかい！」スタンプを送った。やっぱりジョジョとかベジータとかのほうがよかったか、と考えていると、七海がため息をついた。

「あ、やっぱこっちのスタンプのほうがよかっ」

「違《ちが》うの」

「違う？」

スタンプのことじゃないのか……。って、じゃあ、と七海の表情をうかがうように顔をかしげたとき、勢いよく背中を叩《たた》かれた。

ごふっと声が漏《も》れる。

「わりー、遅《おく》れた！」

振り返ると、湊《みなと》がシャツをぱたぱたさせながら立っていた。

「青山君《あおやま》」

七海の頬《ほお》が緩《ゆる》んだ。

「湊てめー、いてーよ」

おれが文句を言うと、「だってー」と湊はおれの肩《かた》に腕《うで》をのせた。

「七海ちゃんに呼び出されたのおれだけだと思ってたのに、律希《りつき》もいんだもん。しかも、二人ともなんか見つめ合っちゃったりして」

湊は相変わらずお調子者だ。時間にルーズなところも変わってない。

「話してただけだろ。ってか、あちー」

むっとしておれが腕を払《はら》いのけると、「食いもん買ってくんね」と、湊はカウンターへ行った。

「青山君も変わらないね」

……って、おれと湊はおんなじくくりかよ。


ハンバーガーとポテトとファンタメロンをのせたトレーを運んできて、湊は「はらへったー」と、がさがさハンバーガーの包みを開いた。

七海はそんな湊をやわらかな表情で見ていた。

てか、呼び出されたのって、おれだけじゃなかったのかよ。

湊のトレーから、ポテトを一本つまんだ。

「あ、それおれの！」

「遅刻《ちこく》した罰《ばつ》」

「一本だけだかんなぁ」

はいはい、とおれはポテトを口に入れた。

「で、そーだんってなに？」

と湊は七海を見た。

「相談？」

なんの話だ？

「ごめんね。青山君に会えない？　ってラインしたら、なんで？　って聞かれて。それで相談したいことがあるって返したの。周東君は電話したときなにも聞かないで、いいよって言ってくれたから」

……なんかおれ、がっついてるみたいじゃん。

けっこーハズい。

「で、どーしたの？」

湊がハンバーガーを咀嚼《そしゃく》しながらもごもごと言うと、七海はカップに一度視線を落として、少したためらったようにスマホを数度タップした。

「これ見て」

テーブル中央に置かれた画面に、ネット記事が映っていた。

『四歳児《さいじ》　意識不明　母親　傷害容疑』と見出しがある。

「なにこれ」

湊はハンバーガーを口につめこんで、包み紙を握《にぎ》りつぶした。

「読んでみて」

七海に言われて、おれと湊は顔を見合わせた。湊があごをくんと前に出して、おれのほうにスマホを押《お》してくる。しかたなく、先に手に取った。

『警視庁は二十五日、四歳の長男に暴行を加え、重傷を負わせたとして、東京都南中市豊宿町《みなみなかしとやどちょう》の無職、千葉照美《ちばてるみ》容疑者（29）を逮捕《たいほ》した。長男は病院に搬送《はんそう》されたが意識不明の重体。これまでも長男は夜間に一人で街を歩いていたところを保護されたことがある。ネグレクトの疑いがあり、南中市児童相談所が二度訪問を行ったが、緊急性《きんきゅうせい》はないと判断し、月に一度の経過観察を決めていたという。千葉容疑者は、暴行は否認《ひにん》している。同相談所の竹平圭子《たけひらけいこ》所長は「未然に防ぐことができなかったのか、これまでの対応の検証が必要」と話した』

目を通して湊に渡《わた》すと、「周東君、どう思う？」と七海が上半身を乗り出した。

「どおって言われても」

ことばを濁《にご》しながら、おれはストローに口をつけた。

「ひでーなって」

七海はおれのことばにゆっくりうなずき、少し間をおいて「それだけ？」と首をかしげた。

正直言うと、ピンとこなかった。これまでもこういった事件はテレビだとかネットでも見聞きしている。もちろん親が子に虐待《ぎゃくたい》するなんて胸糞悪《むなくそわる》いし、ふざけんなとも思う。でもやっぱりそれは、自分とは関係のない世界で、所詮《しょせん》は他人事《ひとごと》だ。

「読んだ」

湊はスマホをテーブルに置いて、ため息をついた。

「おれ、あの子のこと思い出しちゃったよ」

「やっぱり青山君も⁉」

「あの子って」とおれが二人の顔を見ると、七海はじれたように「ありすちゃん」と答えて唇《くちびる》を嚙《か》んだ。

おれはあわてて、もう一度スマホを手に取り、最初から読み返して息をついた。

「別人じゃん。長男って書いてあるし、これ東京の事件だし」

「それはわかってる」

だろ、とうなずくと、湊が「おれは」とぼそりと言った。

「おれは、七海ちゃんの言ってることちょっとわかる」と。

「はぁ？　なんで」

「なんでかな」と湊は腕《うで》を組んでいすの背にもたれた。

「テキトーかよ」

「じゃなくて。わかんないけど、それ読んであのチビのこと思い出した」

「だからなんで」と言うと湊はそれには答えず、しばらく沈黙《ちんもく》が続いた。

「迷子、だったのかな？」

「へっ？」「え」

七海の声に、おれと湊が同時に反応した。

一度視線を下げると、七海は思い切ったように顔をあげた。

「もしかして、わたしたちすごい誤解をしてたってことはないかな」

「……ちょ、ちょっと待てよ。この記事の子はあの子じゃないだろ」

「そうだよ、別の子。わかってる。でもいま考えるとあのときのありすちゃん、おかしなところがいっぱいあったと思わない？」

窓からの日差しに目を細めた。向かいのカレー屋の前でエコバッグを腕《うで》に下げているおばさんたちが立ち話をしている。

「だって、雪が降ってたんだよ。それなのにあんなところに一人でじっとして」

「迷子だったからだろ」

「おうちどこ？　って聞いても答えてくれなかったし」

「四歳《さい》だし、住所なんて覚えてないよ」

「でも、交番にだって行きたがらなかったよね」

「知らない人についていっちゃだめって言われてんだろ。ある意味かしこいってことじゃね？」

その結果、おれらが拉致《らち》るような形で交番に連れていくことになったわけだけど。

「でも、迷子なら泣いたりしない？」

「いろいろいるだろ……考えすぎだって」

おれが言うと、「まーそうだよな」と湊もうなずき、ストローの先を指でつぶしながら「紙ストローってマジでキモイ」とぶつぶつ言っている。

「それに問題ある家だったら、警察が気づくんじゃね？」

七海の口が「あ」と薄《うす》く開いた。

「そうだよね。ごめん、なんか一人で考えていたらへんなことばっかり浮《う》かんできて。だんだん怖《こわ》くなって、二人に話したくなったの」

「って、もしかして相談ってこれ⁉　なんだよぉー、どきどきすることかと思ったのに」

素《す》っ頓狂《とんきょう》な声をあげた湊に、おれと七海は苦笑《くしょう》した。その七海の顔を見て、おれはほっとした。

「どきどきする相談ってなんだと思ったんだよ」

「そりゃーうきうき、きゅんきゅん、お花畑系の恋《こい》の相談」

「ばっかじゃねーの」

「えー、律希だって、そぉー思ったんだろ。そのコンバース、お出かけ用じゃん」

かっと頬《ほお》が火照《ほて》った。

「これは学校に行くときだって履《は》いてるし」

ムキになって言い返すと、湊はますますにやにやした。

まあ、多少なりとも浮かれていたのは認める。まさか湊まで呼び出されてるなんて思ってなかったし。

「で、そっちの高校どうよ」

おれは湊に話を振《ふ》った。

「うーん、思ってたのと違《ちが》う」

「それっていい意味で？」

七海が言うと、「いい意味のわけないじゃん」と湊は口を尖《とが》らせた。

「おれんとこって、もともと女子校だったとこが共学になったじゃん」

「そうなの？」

と、なぜか七海はおれに視線を向けた。さぁ、と首をひねって苦笑《くしょう》した。

「でさ」と、湊の話は続いた。

「いまも四対一で女子が断然多いわけ」

おーっ、と一応盛りあげてみると、湊はため息をついた。

「モテると思うじゃん？　女子より男子のほうが少ないんだし」

「数じゃないんじゃない？」

七海が苦笑すると、「それ！」と湊は声を張った。

「マジで読み違えたぁ。だってさ、うちの女子、隣《となり》の男子校のやつと付き合ってんだよ。しかも女子つえーし、仕切るし、おっかねーしさ。人数多いから、基本、女子優先でおれら男子は肩身《かたみ》が狭《せま》いわけよ。あー、おれ、女子にへんなトラウマもちそっ」

どんまい、と残りのナゲットを湊のポテトの上に供えた。

「つーか、高校選ぶ動機、不純すぎんだろ」

「じゃあ律希はどうなんだよ」

「おれ？　おれはまあ、家から近いとこで、制服のないとこで、あとはおれの偏差値《へんさち》で行けそうなところで」

「おれの動機と大差ないじゃん」

「なくないだろ」

おれたちがぐだぐだ言っていると、七海がため息をついた。

「いいなぁ、男子って」

「どーいう意味？」

「どういう意味だよ」

湊とおれの声が重なった。

「だって」と数秒、間があって、無言のまま七海は笑った。

アホだから――。

もしくは、お気楽だから。

答えはきっとそんなところだろう。聞くまでもない。湊もそれ以上、詮索《せんさく》しなかった。

「でも、入ってみないとわからないっていうのは、どこも一緒《いっしょ》だよね。部活の種類とか、校風とか、自由な雰囲気《ふんいき》か厳しそうかとか、そういうのは見学に行けばわかるし、評判なんかもＳＮＳでチェックできるけど、入ってみると、あれ？　ってことたくさんあるもん。それに、自分側の状況《じょうきょう》が変わることだってあるし」

「状況？」

なんとなくその一言が気になって問い返すと、七海は「たとえばの話だよ」と笑った。

「あ、わたしはいま不満があるとかじゃないんだけどね」

そう言ったとき、テーブルの上のスマホが点灯した。ラインの着信。七海はすぐに手元に引き寄せて視線を落とすと、「ごめん」と立ちあがった。

「わたし帰るね」

「え、もう？」

「もうすぐ五時だし。ごめん、また今度」

そう言うと、あわてた様子で出ていった。

「七海ちゃんちって厳しかったっけ？」

「なんで？」

「だってまだ五時なのにさ」

ああ、と曖昧《あいまい》にうなずいた。

七海は家に帰る、とは言ってない。

ラインが着信したとき、画面に《着いたよ》とメッセージが表示されたのを見てしまった。

それってつまり、どこかでだれかと待ち合わせをしてるってことだよな。で、たぶん女の子じゃない。女の子だったら、あんなふうにはぐらかすように帰っていったりはしない……って、なに詮索《せんさく》してんだ。七海がだれと会おうと、なにをしようとおれらには関係のないことだし、報告も断りも必要ない。

「どうかした？」

「いや、なんでも」

それから三、四十分おれたちは、コーラは氷抜《ぬ》きがいいか、氷ありがいいかとか、ユーチューブでBANされた動画がどうのと、どうでもいい話をして店を出た。

「おれ、寄ってくとこあるから」と、湊は自転車にまたがった。

「じゃあな」と、おれが背中を向けて歩き出すと、「なあ」と呼び止められた。振《ふ》り返《かえ》ると、湊は親指で額をこすった。

なにかためらったり、迷ったときに湊がよくするしぐさだ。

「なに？」

おれが応えると、自転車に乗ったまま、つま先で地面を蹴《け》ってこっちにきた。

「おれさ、あのあと一回、ありすのこと見かけたんだ」

思いがけない湊のことばに、おれは（えっ？）と口だけ開いた。

「隠《かく》すことでもなかったんだけど」と、湊は奥歯《おくば》にものがはさまったような言い方をして、すっと視線を外した。

「いつ？　どこで⁉」

「卒業して少し経《た》ったころだから、二か月くらい前かな。二丁目のコンビニでさ」

二丁目？　どのへんだ、と思っていると「スポーツセンターの前にあるじゃん」と湊は肩《かた》をあげた。

「もしかして、また一人だったとか？」

おれが言うと、「一人っていうか」と湊は顔をしかめた。

「最初は一人なのかなって思って。だから少し様子見てたんだけど」

「見てたんだ」

「あたりまえだろ。また迷子になってたら交番に連れてってやんなきゃじゃん。そーゆーの、おれ経験者だし、なれてるし」

なれてるって……。あのとき一度だけだろう。というより夏のプールじゃないんだから、迷子なんてそうそういるもんじゃない。

「まさかだけど、また感謝状もらえるとか思ったんじゃないよな」

「思ってたけど」

「……まあいい。で、どうしたわけ？」

湊の話によると、ありすはコンビニの前に一人でいた。しばらく様子を見て、これはいい加減、迷子確定！　と声をかけようとしたとき、コンビニから女の人が出てきて一緒《いっしょ》に歩いていったのだと言った。

「そんときはさ、なーんだ、かあちゃんと一緒に来てたのかって、思ったんだよね」

「がっかりしてんなよ」とおれが笑うと、湊はじっとおれを見た。

「へんじゃね？」

「へんっていうか、だめだろ。迷子を期待するとか」

じゃなくて、と湊は眉間《みけん》にしわを寄せた。

「コンビニで買い物するのに、ありすを一人で外で待たせてんのってへんじゃん。子どもは犬じゃないんだからさ」

たしかに。

「それ、本当にありすだったのか？」

「たぶん。絶対とは言えないけど」

「どっちだよ」

「だって！　顔がそっくりな人間は世の中に三人はいるっていうじゃん」

「……湊。そういう意味で絶対とは言えないってことなら、同一人物で間違《まちが》いない」

そっか、だよなと湊は薄《うす》く笑った。

「つーか、なんでこの話、さっきしなかったわけ？」

素朴《そぼく》な疑問を口にすると、湊はあきれたようにおれを見てため息をついた。

「あの空気で言えるわけないだろ。七海ちゃん、ネット記事だけであれなんだからさ、ぜってー心配するに決まってるじゃん」

……空気、読んでたんだ。てか、湊に空気を読む能力があったんだ。

「まあな」とうなずきながら、もう一つの疑問がおれの中で芽生えた。

「んじゃ、なんでおれに話した？」

「だっておれ一人で気にしてるって、やじゃん」

おいっ。

「あー、話してよかった！　ちょっとすっきりした。こういうことって抱《かか》えこんでいいことないしさ。やっぱためこまないで話すに限るな。ま、どっちにしたって、おれらが首を突《つ》っこめる話じゃないわけだし」

「だな」

「だなだな」と、さっぱりした顔をして、「じゃ」と湊はペダルを踏《ふ》んだ。

じゃあな、おれはちょんと右手をあげて、首の汗《あせ》をぬぐった。

てか、巻《ま》き添《ぞ》えにするなよな、おれを。

大きく息をついて、おれは歩き出した。いつの間にか歩調が速くなり、気づいたら駆《か》け出《だ》していた。


家に帰ると、カレーのにおいがした。

「おかえり」と言って、母さんが目を見開いた。

「どうしたの？　そんなに息切らして」

「ちょっと、走ってきたから」

そう言って自分の部屋に入ると、汗だくのまま床《ゆか》の上に大の字になった。息をするたびに胸《むね》の奥《おく》が小さく音をたてる。

もやっとした気持ちを振《ふ》り切《き》りたくて久しぶりに走ってみたけれど、想像以上になまっている。中三の夏前でサッカー部を引退してから約一年、運動といえるものは体育でしかしていない。とはいえ、こんなに息が切れるってどうなんだ。

「律《りつ》、手とうがい！　先にシャワー浴びちゃったら⁉」

キッチンから聞こえてくる母親の声を無視していると、勢いよくドアが開いた。

「早く！」

「わかってるよ」と返事をすると、

「もうすぐごはんだからね」と母さんはドアを閉めた。

母親は口うるさいし、うざいと思うことはしょっちゅうだ。けど家に帰りたくないなんて思ったことはない。家はおれにとって、一番無防備でいられる場所だ。で、なんやかやいいながらも、やっぱりおれは両親に守られていると思う。

そんなこと、改めて感じたこともこれまでなかった。だってそれはあたりまえのことだから。おれにとってあたりまえのことは、だれにとってもあたりまえのことだと思ってたから。

違《ちが》うのか？

呼吸は落ち着いたのに、胸《むね》の奥《おく》は息苦しさが残ったままで、なかなか起きあがれなかった。

気づいたら、床《ゆか》の上で腹を出して寝《ね》ていた。

「あっちー」と、からだを起こして、窓を開けた。

むっとした空気がよどんでいるだけで、余計に暑い。

部屋を出ると、テレビの音が聞こえた。

リビングへ行くと、ほどよく冷房がきいている。

「おかえり、早いね」

テレビを観《み》ながらカレーを食べていた父さんに声をかけると、

「もう十時だぞ」と、らっきょうのふたを開けながら壁《かべ》かけ時計に目をやった。

マジか……。おれは何時間寝《ね》てたんだ。

「母さんは?」

「風呂《ふろ》。カレーまだ温かいから食っちゃえよ」

そうする。と手を洗って、カレー皿を出した。ラップしてあるサラダの入った皿と一緒《いっしょ》に食卓《しょくたく》に運んでいると、廊下《ろうか》からパジャマ姿の母さんが入って来た。

「やっと起きてきた。本当にだらしないんだから、手も洗わないで」

「洗ったよ」

「いまでしょ、帰ったらすぐに洗ってちょうだい。コロナだってなくなったわけじゃないんだから油断しないで」

わかってるよ。と、顔をしかめていすに座《すわ》ると父さんと視線が合った。目が笑ってる。

母さんは冷蔵庫から白ワインを取り出して氷を入れたグラスにそそいでソファーに座った。

「チャンネル替《か》えるよ」

と、お笑い番組からニュース番組に替えてキンキンに冷えたワインを飲む。というのが風呂上《ふろあ》がりの母さんのルーティーンなのだ。

父さんはいままで観《み》ていた番組を替えられても文句を言うこともなく、ニュース番組を観ながら「また値上がりか」とか「再審《さいしん》確定したんだな」とつぶやいている。ときどき母さんが反応するけど、基本、ひとりごとだ。

おれはおれで、もくもくとカレーを口に運ぶ。

「そういえば」

母さんがワイングラスを持ったまま、ソファーから振《ふ》り返《かえ》った。

「あの子なんていったっけ、ほら、律と一緒《いっしょ》に感謝状もらった子」

「湊?」

「じゃなくて女の子。お父さんがよくテレビに出てる、ケイタっていう。ほら、ＩＴ会社の社長で」

「七海?」

「七海?　そう、七海ちゃん」

「ちゃん呼びすんなよ。言っとくけど、七海って苗字《みょうじ》だから」

おれが言うと母さんはきょとんとして、それからくすっと笑った。

「律が名前呼びなんてしてるから、付き合ってるのかと思っちゃったじゃない」

「べつにそういう線引きないから。田中《たなか》も筒見《つつみ》も女子のこと名前呼びしてるし」

「でも、律はしないじゃない」

……そうだけど。母親っていうのはどうでもいいところで妙《みょう》に鋭《するど》い。

「で、七海がどうかしたの？」

そうそう、と母親はからだごとこっちを向いて、テレビのボリュームを下げた。

「夕方ね、すごい年上の男の人とブルームにいたのよ」

ブルームは、駅前に昔からある喫茶店《きっさてん》だ。子どものころ、父さんと何度か行ったことがある。あそこのオムライスはうまかった記憶《きおく》があるけど、おれたちみたいな若いやつが好んで入るような店じゃない。

「それがどうかしたの？」

「ん？　だってちょっと心配じゃない。隼弥《しゅんや》君よりおじさんなのよ」

隼弥君とは、父さんのことだ。

「……心配ってなにが」

年上の男ってところで、母さんがなにを勘《かん》ぐっているのかはだいたい見当はついたけど、あえて問い返した。

「だからほら、いまいろいろあるじゃない。……援助《えんじょ》交際とかパパ活《かつ》？　みたいな」

「はぁ⁉」

「べつにお母さんは疑ってるわけじゃないのよ。しっかりしてそうな子だし、ご両親も立派だし、お姉さんもたしか医大生なのよね。そういう家の子なんだから、まさかとは思ったんだけど」

いや、両親のことも姉ちゃんが医大生っていうのも七海本人とは関係ない。だったら、親が立派じゃなくて姉ちゃんが大学へ行っていないっていう家の子だったら疑うのか。

しゃく、しゃく、しゃく、しゃく

隼弥君こと父さんが嚙《か》む、呑気《のんき》そうならっきょうの音が癇《かん》に障《さわ》る。

「でも怖《こわ》いじゃない。SNSで知り合って事件に巻きこまれたとか、最近よく聞くでしょ」

「………………」

「近所の人とか学校の友だちなんかにその子の印象を聞くと、普通《ふつう》のいい子だっていうこと、結構多いじゃない。被害者《ひがいしゃ》の子でも加害者の子でも。そういう普通の子が巻きこまれるっていうのが、親にとっては怖いのよ」

うわさ話でもするような軽いノリで話していた母さんの顔が、いつの間にか深刻な表情に変わっていた。

「声、かけてみればよかったのに」

父さんがのほほんと口をはさんだ。

「なんてかけるのよ」

「普通《ふつう》に『久しぶり』とか、なんでもいいんじゃないの」

「親しいわけじゃないのよ、ぜんぜん」

てか、親しいどころか面識すらない。いきなり声なんてかけたら、不審《ふしん》がられて終わりだ。

「いいじゃないか、もしかしたらそれがブレーキになるかもしれないんだし」

おれは空になったカレーの皿にスプーンを乱暴に置いて顔をあげた。

「二人ともさ、パパ活前提で話すのやめてくれよ」

あっ、と母さんと父さんは顔を見合わせて首をすくめた。

「でもあれだ、だれがとか、パパ活云々《うんぬん》じゃなくてさ、気になったら声くらいかけりゃいいってことだよ」

「そぉ?」

「そうそう。ほら、そういうときこそ、おばさん力発揮して」

「だれがおばさんよ！」

どうして父さんはすぐに地雷《じらい》を踏《ふ》むんだろう。おれは、ごちそうさまと席を立つと、部屋に戻《もど》った。

七海、あのあとブルームに行ったのか……。

ベッドの上に仰向《あおむ》けになって、天井《てんじょう》をにらんだ。七海に限って、パパ活とかはありえないだろうけど、だれなんだよ、年上の男って。

と、部屋のどこかで着信音がした。

スマホは……、ベッドの下に転がっていた。画面をタップすると、ラインのアプリに①の数字があった。

《今日はありがとう。ちょっとほっとした》

七海からだった。

あのあと会ってたのって、だれ？　どーいう人？　その人いくつ？

聞いてみたい。聞いてみたいけれど……。

〈おつかれー、あのあと湊のやつ、むくれてたぞ〉

それには触《ふ》れず、軽いノリで返した。

《ごめんね、わたしから呼び出しておいて》

〈じょーだん。また会お！〉

おれが返すと、数秒、間があいて、《そうだね》と一言返って来た。と思ったら、トーク終了《しゅうりょう》の宣言みたいに間髪《かんはつ》いれず、「おやすみ」のスタンプが送られてきた。

おれも「おやすみ」のスタンプを送ったけど、既読《きどく》はつかなかった。

第二章

「周東《すとう》君って松ヶ丘《まつがおか》中だよね」

放課後、学校図書館の受付に座《すわ》っていると、同じ図書委員の大野多佳子《おおのたかこ》がカウンター越《ご》しに声をかけてきた。

「そうだけど」

と、開いていた本に指をはさんで閉じると、大野はちらとそれに視線を落とした。

「ミステリーが好きなんだ」と言いながら、ちょんとしゃがんで、カウンターに腕《うで》をのせた。

「前から聞こうと思ってたんだけど、周東君って、『お手柄《てがら》中学生　仲よし三人組！』じゃない？」

一瞬《いっしゅん》ことばに詰《つ》まった。うそでもなんでも、全力で否定したかったけれど、否定すれば詮索《せんさく》され、詮索されれば簡単にうそがばれる。そうなったらまたやっかいだ。

「……だったらなんだよ」

「なんだってことはないけど。仲よし三人組だもんね。仲よしだったんだなーって思って」

そう言ってにやつく大野を無視して、手元の本を開いた。

あの記事の見出しについては、当時からよくいじられてた。だいたいおれ自身、最初に新聞を開いたときはぎょっとしたのだ。中三にもなって「お手柄《てがら》」だの「仲よし」だのという単語はマジでない。そもそも、湊《みなと》はともかく、七海《ななみ》と話したのはあの日が初めてなわけで、それをどうしたら「仲よし三人組」などという表現になるのか謎《なぞ》すぎる。

あの記事は、おれの中では黒歴史なのだ。

ふっと顔をあげると、カウンターの向こうでまだ大野がおれを見ている。

「まだなにか用?」

少し強めに言うと、大野は立ちあがってカウンターの中に入ってきた。

「これ、戻《もど》してくる」と返却《へんきゃく》コーナーに積んである本を手に取ると、書棚《しょだな》のほうに一度足を向けて、振《ふ》り返《かえ》った。

「未央《みお》ちゃん、なんで桜葉《おうば》女子やめちゃったの?」

「はっ?」

「だから未央ちゃん。仲よし三人組の七海未央」

「あ、七海さんのことか。てか、おれらは仲よし三人組ってわけじゃ、って七海さんって桜葉に行ってたの!?」

桜葉女子学園といえば、おれでも知っているような、私立の女子中の中でもトップレベルの学校だ。

「知らなかったの？　仲よかったんでしょ」

大野はあきれたように眉《まゆ》をひそめて、手にしていた本をカウンターに置いた。

「だから、あれは記者が勝手に書いただけで、おれたちはべつに。てか、大野さんって七海さんのこと知ってんだ」

「未央ちゃんとは小学校のときクラスも塾《じゅく》も一緒《いっしょ》だったから」

「そうなんだ」

そっ、とうなずいて、肩《かた》をあげた。

「同じ中学行こうねって言ってたけど、あたしは落ちちゃって」

「あ。ああ、うん」

「桜葉女子の制服着て歩いてる未央ちゃん見かけても、あたし声かけられなかった」

嫉妬《しっと》、ってやつかぁ。

「ばっかじゃないの！」

大野は図書館にはふさわしくないボリュームの声を張りあげておれをにらんだ。

もしかして声、漏《も》れてた？　うっかり人の地雷《じらい》を踏《ふ》むのは、父さんの遺伝なのか？

「そういう意味で言ったんじゃなくて」

「じゃあどういう意味⁉　適当なこと言わないで。あたしはね、自分が恥《は》ずかしくて、自分に悔《くや》しかっただけ。そりゃあ未央ちゃんのこといいなって思ったよ。うらやましかったし。でも恨《うら》んだり、嫉妬《しっと》？　なんてしてないからっ。あたしと未央ちゃんは、そもそも出来が違《ちが》うの。学校でだって塾《じゅく》でだって、テストの結果見れば一目瞭然《いちもくりょうぜん》なんだから」

「なのにおんなじとこ受けたんだ」

おれが言うと、大野はあからさまに大きく息をついた。

やばっ、また地雷《じらい》を踏《ふ》んだ。と思ったら、今度は声を落とした。

「もしかしたらラッキーがあるかなって思ったんだもん」

なるほど……。

「でもよくわかったよ。受験に奇跡《きせき》はない。それにそこまであたしは勉強好きじゃないし、好きじゃない勉強を頑張《がんば》れるガッツもないの。だからいまここにいるんだけど」

すごい自虐的《じぎゃくてき》だけど説得力はある。つーか、それはおんなじ高校にいるおれに言っちゃいけないことだとは思わないんだろうか。

「ごめん。図書館なのに大きな声で。ちょっと興奮しちゃって」

ごめんって、そっちかよ。

「だれもいないから」

おれは、へらっと笑った。

大野は図書館をぐるっと見回して、ため息をついた。

「でも思った、神様って不公平だなって。未央ちゃん、いい子だし、頭もよくて、いいマンションに住んでてお金持ちで、親は有名人で、顔だってそこそこかわいいし。クラスでも真ん中にいるわけじゃないんだけど、みんな未央ちゃんのことが好きで」

「まあ、そういうやつっているんだよな。恵《めぐ》まれてるなってやつ」

おれが苦笑《くしょう》すると大野はうなずいて、「でさ」と、おれから視線をそらした。

「やっぱり思ったよ。ずるいなって。未央ちゃん、いい子だけど不幸になれって」

そう言ってこっちを見て小さく笑い、「本、戻《もど》してくるね」とカウンターに置いた本を抱《かか》えて書棚《しょだな》のほうへ行った。

いい子だけど不幸になれ……って怖《こえ》えよ。

いや、おれだって思ったことはある。おれだって中学んとき、試合でベンチをあったためてるときなんか、なんで同じ練習してんのにって、レギュラーのやつのことうらやましかったし、後輩《こうはい》が先発に選ばれると、けがでもすりゃいいのにって思ったことはある。あるけど、それは口にはしなかった。それがぎりぎり最低のおれのプライドでもあったし。

大野、いまも七海が不幸になればいいって思ってんのかな。てかさ、おれにこんな話すんなよなっ。

続きを読む気も失《う》せて、本を閉じた。

そういえば、七海のことってほとんど知らない。クラスが違《ちが》ったんだからあたりまえだけど、ありすのことがなかったら、隣《となり》のクラスに転校してきた女子ってくらいで、記憶《きおく》にも残らなかったと思う。

あの雪の日のあとも、おれたちはとくに親しくなったわけじゃない。廊下《ろうか》ですれ違うときなんかに、ちょっと挨拶《あいさつ》だとか、立ち話をする程度だった。一度だけ、感謝状をもらったときに、「カンパイしようぜ」と言う湊にのせられて、三人でマックに行ったことはあったけれど、それくらいだ。ただ、どこかほかの友だちとは違う、同志、みたいな気持ちがほんの少し……。

だからこの間、七海から連絡《れんらく》があったときは驚《おどろ》きながらも、意外には感じなかった。

「周東君」

大野の声に、びくんとからだが跳《は》ねた。

「なにぼーっとしちゃってるの。こっちはかたづけ終わったよ」

「あ、ああ、お疲《つか》れ。じゃあもう閉めるか」

「そうしよ。もうだれも来そうにないし」

と大野が言ったタイミングで、廊下から男子と女子の笑い声が聞こえて、図書館のドアが開いた。ややチャラい系の二人は、カウンターにいるおれたちを気にするふうでもなく、それでも一応、「しー」などと指を口元にあてて、笑い声を押《お》し殺《ころ》すように書棚《しょだな》のほうに行ってしまった。

「閉めようとしたときにお客さんが入ってくるって、ファミレスあるあるなんだって」

大野が壁《かべ》かけ時計を見て肩《かた》をあげた。

五時五十五分。閉館時間まであと五分だ。

来るならもっと早くに来いよ。入室は五時三十分までって札でも下げとくかな。そんなことを考えながら、窓の施錠確認《せじょうかくにん》に取りかかった。

書棚の奥《おく》から、くすくすと笑い声が聞こえる。

おまえら……、なにしに来てんだよ。

眉《まゆ》をひそめたとき、「あったあった、見てこれじゃん」「マジで？　あ、ホントだ！」と小声ながら興奮したような声が聞こえた。まるでお宝本でも見つけたみたいなテンションだ。で、二人はいそいそと一冊の本をカウンターに持っていくと、大野に渡《わた》して貸し出しの手続きをとっている。

あの二人のお宝本ってどんな本だよ。

さりげなくカウンターに戻《もど》って、大野のうしろからパソコンの画面を盗《ぬす》み見《み》して、二人の顔を見た。

『著者名【シェリー・ケーガン】　図書名【「死」とは何か】』

らしからぬタイトルだ。どんな本かしらないけど、カウンターの上にある本の装丁《そうてい》からも、ラノベとかノベライズ本の類いでないことは間違《まちが》いない。

ドアが閉まると、向こうから「あってよかったね」と弾《はず》むような女子の声が聞こえた。

「ああいう人も読むんだね」

「大野さん、あの本知ってんの？」

「読んだことはないけど、哲学《てつがく》の本だよ、あれ」

「マジか」

マジだねぇ、と言いながら大野はパソコンを閉じた。


「鍵《かぎ》、おれ持っていくからいいよ」

「いいの？　ありがとう」

と大野は一階へおりると小走りで昇降口《しょうこうぐち》へ消えた。

「失礼しまーす」と形だけの挨拶《あいさつ》をしながら職員室のドアを開けると、ひんやりした。ずりーな、職員室はこの時間も冷房《れいぼう》つけてんのかよ。教室も図書館も、省エネ対策だとかで、冷房は五時までと決まっているのだ。

職員室の中では、数人の先生がパソコンになにかを打ちこんだり、書き物をしたりと机に向かっていた。奥《おく》のほうの席では、なにをしたのか、数学の野田《のだ》先生の前で、ジャージ姿の男子がうなだれるようにして立っている。おれは、目が合った女の先生に小さく会釈《えしゃく》をして、鍵棚《かぎだな》のフックに図書館の鍵を引っかけた。

毎回思うことだけど、鍵棚にセキュリティーは必要ないんだろうか。

もちろん鍵棚に鍵をつけたら、その鍵の管理はどうするってことになる。教員のだれかが「鍵棚の鍵」管理の担当者になって、必要なときはその管理担当者に鍵棚を開けてもらって鍵を出す、というスタイルは考えられる。が、その場合、管理担当者は四六時中、鍵棚の前から離《はな》れることができなくなる。教員が職員室にこもりっぱなしになったら授業はできなくなるわけで、これは現実的ではない。となると、もう一つ考えられるのは、鍵棚をパスワードで管理する方法だ。これならだれかが常駐しなくても管理できる。ただ、このパスワード、だれもが必要なときに使えるようにするためには、全教員、全生徒がパスワードを共有する必要がある。つまり、校内にいるだれもが自由に開けられる……ということになる。

なるほどね。だからこの状態なんだ。と、どうでもいいことに想像を巡《めぐ》らせていると、「周東」と名前を呼ばれた。振《ふ》り返《かえ》ると、二年の川上《かわかみ》君だった。川上君は中学のとき同じサッカー部の先輩《せんぱい》で、高校でもサッカー部に入っている。今年の春、入学したてのころに「サッカー部、入るよなっ」とテンション高く教室まで勧誘《かんゆう》にきた。高校では部活自体、やるつもりがなかったおれが断ろうとすると、「部員数が毎年ぎりぎりの弱小サッカー部でさ」と語り始め、うまくてもうまくなくてもとにかく部員が必要なんだと力説された。この勧誘文句で喜んで入部しようと思うやつがいるのかいないのかはわからないけれど、少なくともおれは苦笑いしかできなかった。

「周東がうちのがっこーに来るって聞いて、めちゃ楽しみでさ。じゃ、待ってるからな」

そう言ってあのとき、川上君は手をあげて廊下《ろうか》に出ていった。おれが入部しない、などということは微塵《みじん》も考えてもいないって表情で。

仮入部期間中、おれは川上君と顔を合わせないように、細心の注意を払《はら》いながら過ごした。やっぱり、入部しないとは面と向かって言いにくかったのだ。仮入部期間が過ぎても顔を出さなければ、川上君だって自然と、おれに入部の意思がないことを察してくれる。そのほうが気まずい空気を味わわずにすむ。互《たが》いに気をつかわなくていい。そう思ったからだ。

川上君は嫌《きら》いな先輩《せんぱい》でも苦手意識があったわけでもなかったけれど、あれからおれはいつもどこかで川上君の影《かげ》を意識して、顔を合わせないように避《さ》けてきた気がする。

あのときちゃんと断っていれば、自分の気持ちを普通《ふつう》に、素直《すなお》に伝えていれば、こんなふうに気まずい気分にだってならなかったのだと思う。

無意識に目が泳いだ。

「久しぶり」

「どうも」

「なに、呼び出しでもくらった？」

えっ、と首をかしげると、川上君はおれの顔をのぞきこむようにして口角をあげた。

「しけた顔してると運が逃《に》げてくってさ」

「……これ普通《ふつう》のおれの顔です」

ぼそりと言い返すと、「そうだったっけ」と川上君は以前と少しも変わらないノリで返してきた。そのことにほっとすると同時に針先で指を突《つ》いたような小さな痛みを感じた。

「図書館の鍵《かぎ》、戻《もど》しに来ただけです」

「なんだ。あ、図書委員か。おれ図書館とかぜんぜん行かないからなぁ」

と言って、川上君は鍵棚《かぎだな》のすぐ前にある机の上に、十冊ほどあるノートを置いた。机上《きじょう》のブックスタンドに、ファイルやら書類袋《ぶくろ》がぎっしり並んでいて、その中に『サッカーの教科書　初めてでも簡単！　指導力劇的アップ』という本があった。

サッカー部の顧問《こもん》の机か……。

ふっと顔をあげると、川上君と目が合った。

「周東って本好きだったんだ」

「はっ？」

「だって、図書委員」

「それは、たまたまで。でも本読むのは嫌《きら》いじゃないです」

「すげー。おれ、最近マンガも読まないな。時間あると動画とか見ちゃってさ」

思わず苦笑《くしょう》した。それから「すみませんでした」と言うと、「ん？」と川上君は首をかしげた。

「いや、部活。見学にも行かなくて」

「そのことか」

川上君は眉《まゆ》をあげると、とん、とおれの腹に手《て》の甲《こう》をあてた。痛いはずはないのに、おっ、と小さく息が漏《も》れた。

ホワイトボードの前の席でパソコンを開いている若い男の先生が、こっちの様子をうかがうように見ている。

川上君もおれの視線に気が付いて、行こ、とドアのほうへ足を向けた。

「しつれーしました」「失礼しました」

川上君、おれ、の順に廊下《ろうか》に出て顔を合わせた。

「職員室で立ち話とかないよな」

「ないですね」

おれが言うと、どちらからともなく同時に笑った。

「……本当にすみませんでした」

「いや、正直言うとさ、おれもわりーことしたかなって思ってたんだよな」

そう話しながら川上君は歩き出した。

「中学んときやってたってだけで、あたりまえみたいに誘《さそ》ってさ。仮入部期間中、っていうより二、三日は待ってたけど、その段で周東は高校ではやるつもりないんだなってわかった」

そうなんですか？　というように見ると川上君は短い髪《かみ》をがしがし掻《か》いた。

「勝手に決められるってやだよな」

「…………」

「おれなんかは周東とは逆で、ほらおれ、べつにサッカーうまいわけじゃないだろ」

……答えにくい。たしかに川上君はうまい選手ではなかった。言ってみればおれと同じくらいか、気持ち、川上君のほうが下手だったくらいだ。

曖昧《あいまい》に笑って首をひねるおれに、川上君は「気ィつかわなくてもいいって」と苦笑《くしょう》した。

「でもおれはさ、サッカー好きなんだ。部活には入部試験があるわけじゃないしな。でも、おれが高校でもサッカー部に入るって言ったらみんな驚《おどろ》くわけ。中学んときの同じ代のやつも、親も。下手なやつは高校ではやんないだろ、みたいに」

川上君は小さく肩《かた》をあげた。

「勝手に決めんなって思った。好きだから、高校でもサッカーは続ける。やるかやらないかを決めるのは周りじゃない、おれ自身だって」

おれは、川上君の目を見て首肯《しゅこう》した。

「うちのサッカー部ってどうなんですか」

「下手だよ。めちゃくそ弱い」

そう言って、川上君は爆笑《ばくしょう》し、それからまっすぐにおれを見た。

「でも楽しい。全国とか出るようなやつに言わせたら、おれらのやってることなんて、あそびみたいなものかもしれないけど、それはそれでいいんじゃないかって思うんだ」

「あそび、ですか」

「やつらにしてみたら、って話。試合だっておれら負けるなんて思ってやってないし。真剣《しんけん》だよ。だってみんなサッカーが好きでやってるんだから」

好きだから。……好きだから真剣に。

おれも小学生のころはただサッカーが好きでボールを蹴《け》っていた。でも中学に入って、周りにうまいやつがどんどん増えて、そのうちだんだん、部活に行くのも苦痛になって、サッカーが楽しくなくなっていた。

だれかと比べて卑屈《ひくつ》になって、そんな自分がいやで、原因になっているサッカーそのものを嫌《きら》いになっていった。

高校ではもうやらない。

そう決めていた。

「川上君ってメンタル強いって言われないですか」

「おれ？　言われたことはないけど」

そう笑った。

強いよ。川上君は強い。自分の好きなこと、自分がやりたいと思ったことにまっすぐで。だれか、じゃなくて自分に正直だ。

「周東こそ、じゃね？」

「それはないです」

「いや、そんなことないと思うけどな。あ、わりぃ」

と、川上君はジーンズのポケットからスマホを取り出すと、「やべっ」と言いながら画面の上で指をすべらせて尻《しり》のポケットに戻《もど》した。

「くだらない話につき合わせちゃって悪かったな。じゃ、またな」

「はい」

川上君は階段を一段抜《ぬ》かしで駆《か》けあがっていった。
昇降口《しょうこうぐち》を出ると、ジジッと虫の音が聞こえた。セミ？　そういえば今年はまだ一度も聞いてなかったかも。
と、顔をあげると、まだ明るい空に白い月が見えた。

——勝手に決められるってやだよな。

川上君のことばが、耳に残っている。人に決めつけられるのは嫌《きら》いだ。勝手にわかったつもりになられるのも、不快でたまらない。だけど、自分でも気づかないうちに、同じことをしていた。川上君のことだって、おれは誤解してた。誤解して、決めつけていた。
「なにやってんだよ」と一度校舎を振《ふ》り返《かえ》って踵《きびす》を返した。

家までは歩いて帰るつもりだったけれど、バス停の前を通るとき、ちょうど西口行きのバスが止まった。この路線は二十分に一本の運行間隔《かんかく》だから、タイミングが合わないとそこそこ待つことになる。朝、家を出るときのように、運行時間に合わせて学校を出ればいいのに、なぜか帰りはそれをしない。だからタイミングが合えば乗るし、合わなければ歩く。

先に待っていた小学生くらいの男の子が乗りこみ、そのうしろからバスに乗った。男の子は空いている一人席に座《すわ》ると、スマホを出してゲームを始めた。

小学生でスマホか。まあ、いまどき小学生でも持ってるのは普通《ふつう》なんだろう。そんなことを言うと、友だちからは「じじいかっ」って笑われるけど、おれんちはなんのこだわりか、「スマホは高校生になってから」を親が貫《つらぬ》き通《とお》した結果、おれは今年の四月にようやくスマホデビューした。中学のときの友だちは、周東はスマホ持ってない、という印象が定着しすぎているせいか、ラインIDを聞かれる機会もなく、結果的に中学時代の友だちでおれのラインに登録されているのは、湊と七海の二人だけだ。

間違《まちが》いなくこの小学生の登録数より少ない。と思う。だからどうということはないけど、なんとなく微妙《びみょう》だ。

手すりを握《にぎ》って小学生を見おろしていると、少年はおれの視線に気づいて、ぱっと顔をあげた。おれが作り笑いをすると、怪訝《けげん》そうな表情を浮《う》かべて顔を下げ、おれからスマホが見えないように手の向きを変えた。

べつに見てねーよ。

顔をあげると、車内の壁《かべ》にポスターが数枚並んでいた。一枚は携帯《けいたい》会社の学割広告で、もう一枚は新築マンションの宣伝、その隣《となり》はバス会社のもので、路線バスの貸し切りができるという宣伝と一緒《いっしょ》に、バスの車内広告を宣伝する広告だった。よっぽど車内広告の依頼《いらい》というのは少ないんだろうか。つまりそれは、宣伝効果が低いってことなのか？　と、この広告は逆に見るものを疑心暗鬼《ぎしんあんき》にさせる。ほかにはどんなところが広告を出しているのかと反対側に顔を向けて、息が止まった。

ポスターには小さな子どもが一人、しゃがみこんでいるイラストが描《か》いてある。一瞬《いっしゅん》、その子がありすに見えた。絵の下には「ストップ虐待《ぎゃくたい》」の文字と、児童相談所虐待対応ダイヤル189の数字が書いてある。

車内に次の停留所を知らせるアナウンスが流れて、降車ボタンが鳴った。はっとして前方を見ると、電光掲示板《けいじばん》に最寄《もよ》りの停留所名が表示されていた。

ほどなくしてバスが停車すると、優先席に座《すわ》っていた夫婦《ふうふ》らしき老人二人が席を立ち、ゆっくりと手すりをつかみながらステップに足をかけていく。そのあとを革《かわ》のパンツを履《は》いたロッカー風の男が靴音《くつおと》をたてておりていき、おれはそのうしろに続いた。

ありすに見えるなんて、どうかしてる。子どもなんて、みんな同じように見えるもんなんだ。べつに気にすることなんて……。

家に向かっていた足が止まる。左肩《ひだりかた》に下げているリュックの紐《ひも》を強く握《にぎ》りしめて、踵《きびす》を返した。

歩きながらスマホを出して、七海のアイコンをタップする。三回目のコールで『周東君?』と声が聞こえた。

「うん、おれ。もう家?」

『まだ外だけど。いま電車おりたところ』

「だったら、少し会えないかな」

『いまから?』

「ちょっとでいいから」

『……わかった』

「じゃ、マックで待ってて。おれ、あと十分もかかんないと思うから」

うん、と応える七海の声が小さく鼓膜《こまく》に響《ひび》いた。

七海は窓際《まどぎわ》のカウンター席に座《すわ》っていた。

「ごめん、急に」

声をかけると、七海は顔をあげて笑顔《えがお》を見せた。

高校の制服姿の七海を見るのは初めてだ。白いシャツに紺《こん》のタータンチェックのスカート、首元にはえんじ色のリボンをつけている。

私服の高校を選んだけど、こうしてみると制服も案外悪くないかも。なんて思っていると、

「はい」と隣《となり》の席に置いていたスクールバッグをどかした。

「サンキュー」とリュックを足元に置いた。

「なにも飲まないの？」

「あ、買ってくる。なんか欲《ほ》しいもんない？」

ううん、と七海は首を振《ふ》った。

広くない店内とはいえ、平日の夕方でもこんなに客がいるのかと思うくらいテーブルは埋《う》まっていた。それでも一人で来ている客が多いせいか、混んでいるわりに店内は静かだ。

コーラとポテト、それからケチャップをトレーにのせて戻《もど》ると、七海はテーブル席に移動していた。おれのリュックもいすの上に置いてある。

「ここ空いたからうつっちゃった」

うん、とうなずいて、トレーをテーブルに置いた。

「この時間でも結構混んでるんだな」

「試験前だからじゃない？」

そういえばノート開いてるやつが多いような……って、おれんとこも来週、期末試験だ。この前中間が終わったばっかなのに。

「周東君、忘れてたとか？」

七海はおかしそうに笑った。

「あ、もしかして七海さんも試験前？」

「大抵《たいてい》の高校生は、いま試験前だと思うよ」

うわっ、ごめん！　と手を合わせると「これくらいの時間、大丈夫《だいじょうぶ》だよ」と七海は水滴《すいてき》のついた紙コップに手を添《そ》えてストローに口をつけた。

「これ食って」

トレーを押《お》すと、七海は「ありがとう」と笑ってポテトを一本つまんで半分かじった。

「それでどうしたの？」

「ん？」

「話があるんでしょ？」

「あぁ、うん、えっと、なんだったっけ」

へらっと笑った。試験前にこんな話をするのはやっぱりな。

七海は半分残ったポテトを口にいれて、おれの目を正面からじっと見た。少しグレーがかっている七海の黒目におれが小さく映っている。

「周東君」

「ブルームで一緒《いっしょ》にいたおじさんってだれ？」

はっ？　はっ？　はあーっ⁉

おれはなにを言ってるんだ。

自分の口から出たことばに、おれ自身ぎょっとした。目の前にいる七海も驚《おどろ》いたように口を薄《うす》く開けておれを見ている。

「ごめんごめん、間違《まちが》い！　撤回《てっかい》！」

「撤回って言われても……」

「だよな。マジごめん。謝《あやま》る。こんなこと聞くつもりなんてなかったんだけど」

「そうなの？」

うんうんうんと激しく首肯《しゅこう》するおれに、七海は言った。

「じゃあ、なんの話をしたかったの？」

ことばに詰《つ》まった。最悪だ。はぐらかそうとするたびに、どんどん状況《じょうきょう》は悪化していく。もういっそのこと、記憶《きおく》が飛んだふりをして……。

「周東君」

「なにっ！」

焦《あせ》りすぎて食い気味に反応したおれに、七海は小さく息をついた。

「周東君が電話してきたんだよ。きっと大事な話があるんだって思ったから、いまわたし、ここにいるの」

「………」

「それからブルームで人に会ってたって、この前周東君たちと会ってた日のことだよね。ここでバイバイしたのに、なんで周東君が知ってるの？　まさか尾行《びこう》とか」

「してない！　そんなことするわけないだろ」

七海はじっとおれの顔を見て、「よかった」と息をついた。

「そんなことする人だなんて思ってなかったけど、もしそうならサイテーだもん」

だよな……あとつけるなんてストーカーじみてるし。

「ブルームで七海さんを見たのは、おれの母親で」

「お母さん？　わたしのこと知ってるの？」

「感謝状のとき」

あ、と七海は納得《なっとく》したように数度頭を揺《ゆ》らした。

「一緒《いっしょ》に新聞とかテレビにうつってたもんね」

「うちの母親って妙《みょう》におせっかいなとこあってさ。勝手に心配とかして」

「心配？」

パパ活《かつ》、とはさすがに言えず、さあ、と首をかしげた。

「もしかして、わたし誤解されちゃったのかな。……あの人、父親なの」

へっ？　七海の父親はたしかＩＴ会社かなにかの社長で、ときどきコメンテーターとしてテレビにも出ている、って母さんは言ってたはずだ。その母さんが、七海の父親を見て気づかないはずはない。

七海は、いまうそを。

目を合わさずにいると、七海は小さく息をついた。

「実の父親のほうね」

へっ、と顔をあげると、七海は顔にかかった髪《かみ》に指をあて、肩《かた》をすくめた。

「わたしが四歳《さい》のとき、母は離婚《りこん》したの。いまの父親は、わたしが小二のときに母が再婚した人」

思ってもみなかった話の展開に、正直おれは動揺《どうよう》していた。

「ごめん、知らなくて」

おれが言うと、七海はいたずらそうな目をして頬杖《ほおづえ》をついた。

「いまどきめずらしいことでもないけど、積極的に話すことでもないから」

それはそうだ。おれは大きくうなずいて、氷が溶《と》けかけて薄《うす》くなったコーラを喉《のど》に流しこんだ。

「周東君のお母さんに、心配ありませんって伝えてくれる?」

「それは、もちろん」

ついでに、おせっかいもやめるように言っておこうと心に決めた。

「じゃあ次は周東君の番だよ」

「おれ? おれんちの親は、平凡《へいぼん》って言えば平凡で」

「そうじゃなくてっ。……もしかして周東君って天然?」

「おれが?」

「忘れたふりなんてしないでちゃんと話して。呼び出してまで話したかったこと」

……そうだった。七海を呼び出したのは、おれのエゴだ。一人で抱《かか》えこむのが怖《こわ》くて悶々《もんもん》と悩《なや》むのが苦痛だから、考えもせずに勢いだけで。けど、いざとなったら尻《しり》ごみをした。

試験前だから、なんていうのは単なる言い訳だ。話さない理由を、自分自身に納得《なっとく》させようとしただけだ。

おれは怖くなったんだ。一度口にしてしまったら、七海に話してしまったら、引っこみがつかなくなるから。背負いこみたくないものを、背負わざるを得なくなるから。

いまなら、小さな疼《うず》きに気づかないふりができる。時間を置けば、湧《わ》きあがってきた引っかかりも不安も、炭酸の気みたいに抜《ぬ》けていく。

おれは七海を前にして腰《こし》が引けたんだ。で、その結果どうなった？　七海に言わなくてもいいことを言わせて、話さなくてもいいプライベートなことまで話させた。

テーブルの上でこぶしを強く握《にぎ》って、視線をあげた。

「ありすのことなんだけど」

おれが言うと、七海は驚《おどろ》くこともなくうなずいた。

「驚かないの？」

「そうかなって思ってたから」

少し意地の悪いような口調で返してきたけれど、その目はやわらかかった。

おれは、この間、湊から聞いた話をした。

ありすがコンビニの前で一人でいたこと。気になって様子を見ていたら、母親が出てきて一緒《いっしょ》に歩いていったこと。

一緒に来ていたのに、店の外で一人で待たせていることに湊は違和感《いわかん》を覚えたけれど、七海に心配させたくなくて、この間はこの話をしなかった……と。

七海はおれの目を見ながら、黙《だま》って聞いていた。

「おれ、湊からこの話を聞いたってこともあるけど、本当いうと、ずっと引っかかってた」

「なにが?」

なにが——はっきりとことばにできない。

ただ、小骨のようなものが引っかかって、ちくりとした痛みを胸《むね》の奥《おく》に感じている。

グレーがかった七海の瞳《ひとみ》に、頼《たよ》りなげな顔をしたおれが映っている。

「うまく、言えないけど」

「うまくなくてもいいよ。わたしだってそうだもん」

……決定的ななにかがあるわけじゃないんだ。ただ、四歳《さい》のガキが泣くでも助けを求めるでもなく雪の中に一人でしゃがみこんでいるってヘンだろ。交番をいやがったこともわからないし、抱《だ》きかかえたときのあの抵抗《ていこう》も普通《ふつう》じゃなかった。母親が迎《むか》えに来たときだって、安堵《あんど》するでも喜ぶでもなくて。

だけど、一番気になったのは、あの目だ。体温を感じない、ガラス玉みたいな目をしていた。

七海はしばらく黙《だま》りこんだ。そのせいか、隣《となり》の席から聞こえる、かちゃかちゃというイヤホンの音漏《おとも》れがやたら耳についた。横目で見ると、同い年くらいの男が蛍光《けいこう》マーカーだらけの教科書を開きながら、スマホをいじっている。

集中してやれよっ、と心のうちで舌打ちした自分に(人のこと言えんのか)とつっこんだ。

視線を戻《もど》すと、手を組んで目を伏《ふ》せ気味にしていた七海がふっと顔をあげた。

「たしかめてみない？」

「たしかめるって」

「ありすちゃんのこと」

「どうやって」

おれたちは、ありすの家も知らない。知っているのは名前と年齢《ねんれい》だけだ。

「住所、交番で教えてくれっかな」

「それは無理だと思う。個人情報だもん」

「でもおれら、ありすのことで警察から感謝状ももらってるし、新聞にもテレビにも顔出ししてるわけだし」

「顔出ししてるから、それがどう関係するの？」

「だから、わりーこととかできないっつーか……」

七海はため息をついた。

「それとこれとは話が別。そんなこと言ったら、芸能人でもスポーツ選手でも、有名人は顔出ししてるから悪いことはしないってことになるんだよ。政治家なんてあれだけ街中にポスター貼《は》って全国民に顔を売ってるのに、平気で悪いことする人いるんだから」

たしかに……。

「じゃあ」

「捜《さが》すしかないと思う」

七海は静かな声できっぱりと言った。

「青山《あおやま》君が見かけたっていうコンビニのあたりに住んでる可能性はあるよね。それと、海」

「海賊公園《かいぞくこうえん》か！　あ、でもそれって二丁目のコンビニとは方向違《ちが》くね？」

「そうなの？」

おれはスマホを手にした。

「とりあえず湊にも声かけてみる」

七海はうなずいた。

第三章

翌日、夕方五時に駅前に集合した。

湊《みなと》には昨日のうちに、ラインで状況《じょうきょう》を説明した。七海《ななみ》に話したことを知ったら怒《おこ》るだろうな……と思ったけれど、むしろ食い気味に《七海ちゃん、なんて言ってた⁉》と返してきた。どうやら湊は、おれに話して肩《かた》の荷をおろしたつもりが、実際にはあまり軽くなっていないことに気づいていたらしい。おれだけでだめなら、もう一人という発想だ。

「ごめんね、わたし青山《あおやま》君に気をつかわせちゃってたんだね」

「七海ちゃん、やさしいからさ。あんときもすげー気にしてたじゃん。おれ、それ以上心配かけたくなかったんだよね」

湊は鼻の頭を指で軽くこすって、臭《くさ》いセリフを吐《は》いた。

「青山君って、本当にやさしいね」

「いやまあぁ、そうね、よく言われる」

うそつけっ。

おれを無視して続く二人の不毛な会話を、「あのさ」と断《た》ち切《き》った。

「海賊公園《かいぞくこうえん》とコンビニどっち行ってみる？」

「あ、それだけど、海賊公園なくなってた」

「マジで？」

うん、マジと湊はうなずいた。

「もう三、四年前にサッカー場になったんだって」
三、四年前っていったら、ありすがまだ赤《あか》ん坊《ぼう》のころだ。
「じゃあ、ありすちゃんが公園を知ってるわけないよね。海ってどこのこと言ってたんだろう」

七海が爪《つめ》を噛《か》んだ。

「とにかく湊が見かけたっていうコンビニに行ってみようぜ。試験前だし時間ないだろ」

「あ、おれはへーき！　試験前とかあんまカンケーないし」

湊がへらっと笑って親指を立てる。

「おまえのために言ったわけじゃねーよ。つーか、少しはしろよ、勉強」

とあごをあげると、七海はカバンを肩《かた》にかけ直して「わたしも大丈夫《だいじょうぶ》だよ」と歩き出した。

「だよね！」

と、湊は尻尾《しっぽ》でも振《ふ》るようにして七海のあとをついていく。

「こっちでいいんだよね？」

「そっ、こっちこっち」

なんでそんなに足取り軽くなってんだよ、とひとりごちながら二人のあとをついていった。

湊が見かけたというのは、駅から徒歩十五分ほどのところにある住宅地の中のコンビニだった。市道をはさんで斜向《はすむ》かいに市営のスポーツセンターがあるくらいで、このあたりには小中学生があそぶような公園も広場も店もない。

そのせいで、そんなに遠いわけでもないのに、おれはこのあたりに来ることはほとんどない。

湊はスポーツセンターに来たとき、ありすを見かけたのだという。

「そういえば、湊ってスポーツセンターになにしにきたわけ？」

なんとなくおれが言うと、「スイミングスクール」と想定外の答えが返って来た。

湊は中学のときも書道部という名の帰宅部だったたし、体育の授業でも目立つことはなかった。特別運動が苦手という印象はなかったけれど。

「水泳やってるってこと？」

「そっ。もう一年くらいになるかな」

マジか……。

「へん？」

「いや、へんとかそういうんじゃないけど」

おれが引きつった笑いをしていると、「すごくいいと思う」と、七海が称賛《しょうさん》した。

「でしょでしょ！　スイミングって喘息《ぜんそく》にいいって言うから始めたんだけど、免疫力《めんえきりょく》があがって風邪《かぜ》もひきにくくなるし、勉強もできるようになるんだって」

勉強って……説得力に欠けるだろっ。

「てか、湊って喘息持ちだったっけ？」

おれが言うと湊はきょとんとした顔をして、次の瞬間《しゅんかん》吹《ふ》き出《だ》した。

「違《ちが》うって、おれじゃなくて凪《なぎ》」

「凪？」

七海が首をかしげると、「おれの弟」と湊は口角をあげた。

たしか、湊にはひとまわりくらい離《はな》れてる弟がいるんだった。

「小児喘息《しょうにぜんそく》っていうやつ。ばあちゃんが保育園のママ友からスイミングがいいって聞いてきて。

つーか、ばあちゃんでもママ友って言うの？　ばば友？　あ、でも相手はママだからなぁ」

ママ友でいいんじゃない？　と七海は苦笑《くしょう》した。

「青山君、弟君の送迎《そうげい》してるんだ」

「そっ。まだ四歳《さい》だし、ばあちゃんは仕事あるから」

「青山君、やっぱりやさしい」

でしょー、と湊は笑った。

湊んちは両親がいない。正確に言うと、おれらが小六のころは母親がいたけれど、卒業式はばあちゃんが一人で来ていた。

「母ちゃんは？」とだれかが言って、そのとき湊は「いない」と一言だけ、乾《かわ》いた声で言った。

いない、というのはどういう意味なのかわからなかったけど、それ以上聞くやつはいなかった。小学生のガキで、よくあの空気を察したなと思う。けれどたぶん、それくらいの強さが湊の「いない」にはあったんだと思う。

それからしばらくして、湊の母親は湊と一歳《さい》にもならない湊の弟を置いて出奔《しゅっぽん》したといううわさがどこからか流れてきた。

あれからずっと、湊はばあちゃんと弟と三人で暮らしている。

そのことは七海は知らないはずだけど、七海はいま、親のことには触《ふ》れなかった。完全にスルーして、湊のことをやさしいと言った。

「なにぼーっとしてんだよ」

わりぃわりぃと応えると、湊は怪訝《けげん》そうな顔をして話を続けた。

「だから、凪のスイミングが終わるの待ってる間、腹減ったからコンビニに行こうと思って出てきたらいたわけよ、そこんとこにありすが」

コンビニの前は、車が二台ほど止められる駐車場《ちゅうしゃじょう》になっていて、その向こうに入口がある。

「このゴミ箱の横に立ってた」

湊は入口の手前に設置してあるゴミ箱を指さした。

「で、おれは通りの向こうの電柱の陰《かげ》から見てたわけ」

「なんで電柱の陰なんだよ」

「探偵《たんてい》ってそうするもんじゃん」と湊は真面目な口調で答えた。

それはドラマか映画の話だ。それ以前に湊は探偵でもなんでもない。

「ありすちゃん、一人でいたんだ。それって何時くらいのこと？」

「五時過ぎ。あのときは天気が悪かったから五時っていっても結構暗かったんだよなぁ。コンビニの前は明るいから、顔とかはちゃんとわかったけど」

五時か……と七海はコンビニの中に入っていった。そのあとをおれと湊がついていく。

店内にはイートインスペースもあって、学生らしき男とイヤホンを耳にした作業着姿の中年の男が座《すわ》っていた。学生風の男はコーヒーを飲みながらスマホをいじっていて、作業着の男はサンドイッチを食べている。

七海は、店内を一周してから窓側にある雑誌コーナーで足を止めた。棚《たな》に並んでいる雑誌やマンガを数冊手に取っては戻《もど》してを繰《く》り返《かえ》している。

ふと視線を感じて振《ふ》り返《かえ》ると、カウンターにいる店員がこっちを見ている。

やば、おれたちの動きをあやしんでる？　たしかに奇妙《きみょう》ではあるよな……。

しかたない。おれは客デス感をアピールするために、ハイチュウを一つ手に取るとレジへ行った。

「やっぱ周東《すとう》だ」

顔をあげると同じクラスの沢渡《さわたり》がカウンターの向こうにいた。

「え、バイト？」

「そっ。つーか、さっきからなにやってんの」

「いや、べつに」と笑うと、沢渡はハイチュウにバーコードリーダーをあてた。

「百二十五円になりまーす」

おれはポケットに突《つ》っこんである小銭《こぜに》を数枚取り出し、釣《つ》り銭《せん》トレーの上に百円と三十円を置いた。

沢渡はレジをいじりながら、おれの横で揚《あ》げ物《もの》が入っているケースをのぞく湊をちらと見た。

「あ、おな中のやつでさ」とおれが言うと、沢渡は「あっちも？」とイートインにいる七海に目を向けた。

そっ、と声に出さずうなずくと、「ほい、おつり」と釣り銭を置いた。

「いんのかな、あの子、付き合ってるやつとか」

カウンターから乗り出すようにして七海を見ている沢渡の前に、ぬっと湊が顔を出した。

「牛肉コロッケください」

沢渡はちっと舌打ちして、手を消毒しながら「いくつっすか」と聞いている。

「一個」

「一個っすね」とケースを開ける沢渡に、おれは「バイト頑張《がんば》れよ」と声をかけて、七海と一緒《いっしょ》に店を出た。

「バイトの人、知り合いだったの？」

「同じクラスのやつだった」

「そうなんだ。偶然《ぐうぜん》だね」

食う？　と買ったばかりのハイチュウの封《ふう》を破いて七海に向けると、「ありがと」と一つつまんだ。

「おれもおれも」と、湊もコンビニから出てきて手を伸《の》ばした。

「おまえはコロッケ食っとけよ」

「これは凪のおみや」

あっそ、とハイチュウを向けると、「ストロベリーじゃん」と湊は文句を言った。

「ハイチュウっていったらグレープじゃん」

「なら食うなよ」と手を引くと、湊はあわてて手を伸《の》ばして、「ストロベリーがだめだってわけじゃなくて」と、口に放りこんで肩《かた》をあげた。

「やっぱグレープのほうがうまい」

「……自分で買えよ」

おれが眉《まゆ》をひそめると、「ねえ」と七海が真面目な顔をして湊を見た。

「青山君、ありすちゃんはどれくらい一人で外にいたの?」

湊はきょとん、とした顔をして、それから「十五分くらいかな」と答えた。

「青山君が見つけてから十五分でしょ、だったらもう少し長い時間、待たされていたってことだよね」

「たぶん」

「コンビニの買い物って、そんなに時間かかるかな」

たしかにそうだ。弁当でも買って、あっためてもらったりしていればそこそこ時間もかかるかもしれないけれど、十五分はかかりすぎな気がする。

「時間がかかるっていえば立ち読みかなって思ったんだけど、ここ、雑誌もマンガも全部テープで閉じてあった」

「あっ、それでさっき」

雑誌コーナーでの七海の行動に合点《がてん》がいった。

「なになに」と湊が顔を寄せてきたけど無視した。

「トイレの貸し出しもしていませんって、張り紙がしてあったし。それだけ時間かかるっていったら」

七海がおれを見た。

「イートインコーナー！」

うん、と七海はうなずいた。

「ちょちょっと待ってよ。ってなに？ ありすを外で待たせといてなんか食ってたっての？ 一人で？」

声を上ずらせる湊に、「食ってたかはわかんないけどな」と言ったけれど、耳に入っていないようだった。

「とにかく、なにかおかしいのはたしかだと思うよ」

「周東君」

七海の声が尖《とが》った。

「思うじゃなくて、おかしい、だよ」

蒸《む》すような湿《しめ》り気《け》を含《ふく》んだ重たい風が七海の制服のスカートを揺《ゆ》らした。

「たしかめなきゃ」

おれたちは三人、顔を見合わせた。


ありすに関する情報はほとんどない。唯一《ゆいいつ》の手がかりはコンビニだ。ありすは通園バッグらしきものを下げていた、ということを湊が思い出したことで、このあたりに住んでいるということはほぼ間違《まちが》いないと考えた。で、おれたちは翌日から、日曜をのぞく毎日、交代で張ることにした。


「あぢぃ」

七月に入ってから連日三十五度を超《こ》える猛暑日《もうしょび》が続いている。夕方になってもたいして下がることもなく、そんな中、学校が終わってから六時過ぎまで、一人でじっと張っているのは、想像していたよりきつかった。一回目のときは張りこみという初めての経験ということもあって、それなりにやる気に満ちていた。けれど、二回目のときは、こんなことをしても無駄《むだ》なんじゃないかとちらちらと思い始め、期末試験真っただ中に訪《おとず》れた一週間後の三回目が回って来たときには、なんでおれはこんなことをしているんだろう、という気持ちになっていた。

張りこみを開始してから一週間。いまだにありす親子の姿を一度も見ない、ということは、あれは湊の見間違《みまちが》え、あるいは、たまたまこのあたりに用事があって、たまたまこのコンビニに立ち寄っただけ……かもしれない。とすると、ここでこんなことをしていても意味がないのではないか。

どんどん気持ちが冷めていく自分と、そんな自分にがっかりしているおれがいる。

ハンディファンを顔に向けて「あぁちぃいぃいぃい」と声をあてていると、自転車のベルが鳴った。あわてて一歩下がると、目の前でママチャリが止まった。

「うっす」

「湊!」

見ると、自転車のうしろに頭にタオルを巻いた小さな子が乗っている。弟か。

「だれ?」

チャイルドシートから弟がおれを指さした。

「おにぃの友だち。ほら、こういうときなんて言うんだっけ」

湊が言うと、弟はうしろの席でぽんぽんと尻《しり》を弾《はず》ませて「こんにちはぁ!」とでかい声で言った。

「ども」

おれがぼそりと言うと、「ども、じゃないよ！　こんにちはっていうんだよ。ねっ」と、湊を見上げるようにして、弟は鼻の穴を広げた。

この時間はもう「こんばんは」だろ、と思ったけれど、さすがに幼児相手に突《つ》っかかるのは大人げない。

余裕《よゆう》の笑《え》みで「こんにちは」と言うと、弟は満足そうにうなずいた。

やっぱりチビは苦手だ。

「ぼく、きょうごうかくしたんだよ」

合格？　と湊を見ると、「なー」と弟を振《ふ》り返《かえ》ってやわらかな表情を浮《う》かべた。

「進級テストで、九級に合格」

九級。いかにも初級っぽい数字だ。なにができるようになったんだ？　クロール十メートルとか？　いや、バタ足くらいだろうか。いずれにしてもたいしたことじゃないだろう。それでもここは一応「すげーじゃん」とたたえてみると、湊は親指を立てて「だろ」と歯を見せた。

「悲願だったんだよなー、水に顔つけられるの」

「はっ？」

「九級のテスト項目《こうもく》、顔を水に五秒つけられる、だからさ。頑張《がんば》ったよな。毎日風呂《ふろ》で練習したもんな」

……マジか。たしかスイミングスクールには一年くらい通っているって言ってなかったか？　ならこれまでプールでなにをしていたんだ。

おれがひそかに動揺《どうよう》していると、弟がまたチャイルドシートの上で尻《しり》をぽんぽんした。

「おにぃがね、がんばったごほうびに、おかしかってくれるの！」

顔を水に五秒つけるだけで……いや、チビにとってはすごいこと、大きな一歩、なんだろうか。やや引きつりながらも、グッ、と親指を立てると、弟は笑顔《えがお》を全開にして声を弾《はず》ませた。

「んじゃ」

「おう」と右手をあげると、湊はペダルに足をのせた。

こうして見ると湊っていい兄きなんだな。

弟はなんの躊躇《ちゅうちょ》も不安もなく、あんなふうに自転車のうしろに座《すわ》って、からだを揺《ゆ》すっている。それって湊のことを絶対的に信頼《しんらい》しているからできることだと思う。

湊はコンビニの前に自転車を止めて、弟をおろしている。

兄きってより親みたいだ。それも父親っていうより母親。

そんなことを考えながらにやついていると、目の端《はし》になにかが映った。顔を向けると、向こうの歩道に通園バッグをさげた女の子と母親らしき女の姿が見えた。

ありすか？　顔までは見えない。

二人はコンビニの前まで行くと、女が一人でコンビニへ入っていった。外にいる女の子は駐車場《ちゅうしゃじょう》の端《はし》へ歩いていくと、窓ガラスに背を向けてしゃがみ、地面を指でなぞっている。

ありすだ！　思わず駆《か》け出《だ》しそうになって、なんとか踏《ふ》みとどまった。七海から、見つけてもすぐには声をかけず、尾行《びこう》をしてありすの家を確認《かくにん》するように言われていたのだ。

「あっぶなっ」とひとりごちて気が付いた。

コンビニの中に湊がいる。いや、母親の顔は覚えてないかもしれないけど、ありすは別だ。母親より先に湊が出てきたら、ありすと顔を合わせるかもしれない。そのときの湊の反応が目に浮《う》かぶ。

やばいじゃん。

おれはあわててスマホを取り出すと、ライン通話をタップした。

「緊急事態《きんきゅうじたい》」

『へっ？　ちょっと待って、いま外出るから』

「違《ちが》う！　出なくていい。いまからおれが話すこと黙《だま》って聞けっ」

刹那《せつな》、間をおいて続けた。

「ありすの母親がいま店の中に入った。ありすは一人で外にいる。おれ、ちゃんとあとつけて家を確認《かくにん》するから、湊は話しかけるなよ」

ほどなくして湊と弟が出てきた。湊は通りの向こうにいるおれに一度顔を向けると、弟をチャイルドシートに乗せてそのまま立ち去った。その様子をありすはしゃがんだままじっと見ていたけれど、それは湊だから、ということではなく、ただ楽しそうにはしゃいでいる弟と、やさしげな兄というきょうだいを眺《なが》めていただけ……のように見えた。

遅《おそ》い……。

あれからコンビニには客が二人入って、三人出ていった。自動ドアが開くたびに、心臓が大きく脈打つ。落ち着け、焦《あせ》るなと自分に言い聞かせながら数分が過ぎた。

にしても遅すぎないか？　あごを伝う汗《あせ》が足元に落ちる。スマホで時間を確認しようとしたとき、母親が出てきた。ありすが小走りで母親のところに駆《か》けていくと、母親は声をかけるでも、手を握《にぎ》るでもなく歩き出した。

なんなんだよ。

あとをつけながらスマホを見ると、コンビニに入ってから出てくるまで二十分近くかかっていた。

こんなに待たせておいて、「ごめんね」の一言もないのかよ。

二人を見失わないように、少し間隔《かんかく》をとってうしろからついていく。二人は東のほうへ行き、コンビニから二つ目の角を左に曲がった。細い道の両側には住宅やアパートが立ち並んでいる。ときどきマンションがあるけれど、駅前にあるような背の高いマンションではなく、四、五階建ての低層マンションだ。カツカツと、母親の履《は》くパンプスの音が静かな住宅街に響《ひび》く。そのうしろを、ありすはときどき小走りになりながらついていき、そのあとをおれがつけていく。

数分、住宅街の中を行くと、蒸《む》したような甘《あま》い香りがした。

どこかにきっと、と視線を動かすと、十メートルほど先にコインランドリーがあった。

コインランドリーは、蚊取《かと》り線香《せんこう》、換気扇《かんきせん》からこぼれてくるカレーのにおいに次ぐ、おれにとっての三大癒《い》やし系のにおいなのだ。そのにおいを思いっきり吸いこんでいると、二人はコインランドリーの斜向《はすむ》かいにある二階建ての家に入っていった。

ここがありすの家か……。

古い造りの、でもどこにでもあるような普通《ふつう》の家だ。両開きの門があり、家を囲むように生《い》け垣《がき》がある。

門柱には木製の表札があり、『眞中《まなか》』の文字が彫《ほ》られている。写真を撮《と》っておこうとスマホをタップすると、ラインにメッセージが二件入っていた。湊と七海だ。どっちもグループラインでのコメントだった。

《どうなった⁉》

《湊君からラインもらった。家、わかった？》

先のが湊で、次のが七海だ。

とりあえず家の写真と住居表示のプレートの写真を撮《と》って、〈ここ〉という短いコメントと一緒《いっしょ》に写真を送った。

すぐに既読《きどく》2がつき、七海から《おつかれさま。これで第一関門突破《とっぱ》だね》のコメントが、湊からは「グッジョブ」の文字の入ったゴリラのスタンプが送られてきた。

《もう帰って試験勉強してね》

《わたし、月曜日まで試験だけど、二人はいつまでだっけ？》

立て続けに七海からメッセージが届いた。

〈おれも月曜まで〉と送ると、湊からは《ずりー、おれんとこ火曜まで》と返ってきた。

《じゃあ、火曜日の夕方、集まらない？》

七海のメッセージに、おれの「ＯＫ」スタンプと湊の「らじゃ！」スタンプが競《きそ》うように並んだ。

ありすんちの窓からカーテン越《ご》しに電気のあかりが滲《にじ》んでいる。

「帰ろ」、と歩き出したとき、ふいに玄関《げんかん》のドアが開いた。

思わずおれはコインランドリーに飛びこんだ。中に入ると乾燥機《かんそうき》が一台だけ回っていたけれど、幸い？　なことにだれもいなかった。ドア越《ご》しに様子をうかがっていると、家の中からありすが出てきて、玄関《げんかん》の横にしゃがんだ。

なにをしているんだ。

目を凝《こ》らしたけれど、門の格子《こうし》が目隠《めかく》しになって見えにくい。

もしかして、家から出された？

……いや、ちょっと待て。おれは疑心暗鬼《ぎしんあんき》になりすぎているかもしれない。普通《ふつう》なら、まだ外であそびたいんだな、とかそんなふうに思うんじゃないか？

おれはコインランドリーの入口に背中を向けた。

いつの間にか、乾燥機《かんそうき》も止まっていた。ただそれだけなのに、この場が急に無機質な空気になった。

セミの声だけが耳につく。

……色眼鏡で見てしまうのも、見ないふりをすることと同じように、事実を曲げてしまうことになるんじゃないだろうか。

大きく息をついて振《ふ》り返《かえ》ったおれは、小さく悲鳴をあげた。

ガラス戸越しに、中年のおっさんの顔があった。

おっさんも声をあげて、一歩後ずさった。

あわてて、ガラス戸から離《はな》れると、おっさんはドアを開けて、おれの横をすり抜《ぬ》けるようにして乾燥機《かんそうき》の前まで行った。

洗濯物《せんたくもの》、この人のだったんだ。

無言で頭を下げて外に出ようとしたところで、おれは足を止めた。

「あの」

おっさんは、大げさなくらいびくんとして顔をあげた。

「いつも、ここで洗濯をしてるんですか?」

「いつもって、週に二度くらいだけど」

おっさんは怪訝《けげん》そうに答えながら、乾燥機の中の乾《かわ》いた洗濯物をゴミ収集用のポリ袋《ぶくろ》の中にばさばさ放りこんでいく。

「あの子、これまでも見かけたことありますか」

門の中にいるありすを胸の前で指さすと、おっさんはガラス戸の手前まできて目を細め、ああ、と数度頭を縦に振《ふ》った。

「よく見かけるよ。いつも何時間もなにやってんだろうね」

「何時間も、ですか?」

「まあね。洗濯物を入れて、だいたい一時間くらいして取りに来るんだけど、いつも見かけるから。まあ、子どもってのは、外が好きなんだろうけど、この時間に一人ってちょっと心配だよね。いくら門の中にいるっていっても、最近物騒《ぶっそう》な事件多いじゃない」

おれが真剣《しんけん》にうなずくと、おっさんは「それともあれかね」と手を止めた。

「あれって」

「ほら、最近多いでしょ、ああいう類いの」

おっさんは声を潜《ひそ》めた。

「虐待《ぎゃくたい》。ネグレクトとかいうんだっけ」

胸《むね》の奥《おく》がざわりとした。

「……通報、とかしないんですか」

おれが言うと、おっさんは驚《おどろ》いた顔をした。

「どうしておれがすんのよ」

「だって気になってるんですよねっ」

語気が強くなるおれを見て、おっさんは残りの洗濯物《せんたくもの》をポリ袋《ぶくろ》に入れた。

「他人様《ひとさま》の家のことに首突《つ》っこむことないの。面倒《めんどう》なことに巻きこまれたくないでしょ」

「面倒、ですか?」

「そりゃそうだよ、下手に正義感なんて振《ふ》りかざして、もし間違《まちが》ってましたなんてことになってごらんよ、どう責任とるの？　余計なことして恨《うら》まれでもしたら目もあてられないでしょ」

「でも」

「お兄さんも、へんなことに首を突《つ》っこまないほうがいいよ。それが正解」

おっさんはそう言うと、ポリ袋《ぶくろ》を抱《かか》えるようにして出ていった。

見ると、ありすの姿はもうなかった。

家に入ったのか……。無意識にため息がこぼれた。

おっさんには腹がたった。堂々と見て見ぬふりをしろと言ったようなものだ。大人のくせになにを言っているんだとイラついた。だけど……。

——下手に正義感なんて振《ふ》りかざして、もし間違《まちが》ってましたなんてことになってごらんよ、どう責任とるの？

そう言われたとき、へその奥《おく》がキリッとした。

あのとき、ありすを交番へ連れていったとき、おれたちはいいことをしているつもりだった。

正しいことをして、人助けをしたのだと思っていた。そのうえ感謝状なんてものまでもらって、内心、得意になっていた。

心地《ここち》のいいことばに、視線に、たぶんおれたちは、それぞれがどこかに芽生えていた違和感《いわかん》から目をそらしてしまった。

——下手に正義感なんて振《ふ》りかざして、もし間違《まちが》ってましたなんてことになってごらんよ、どう責任とるの？

そんなこと、わからない。

ただ、違和感の正体をたしかめたい。このままたしかめもせずに想像をして、もしもと不安がっているより、自分の目で見て、たしかめたほうがいい。

だけどもしも、おれたちが危惧《きぐ》していることが現実に起きているとしたら……。

そのときおれたちはどうするんだろう。おれたちに、なにができるんだろう。

「終わったー！」

チャイムが鳴ると、教室の空気が一気にスパークした。

ヒューーとかイエーーとかシャーーという雄叫《おたけ》びに交じって女子の高い声も響《ひび》いている。

うしろから回ってくる答案用紙の上に自分の用紙をのせて前へ回す。

「できた？」

前の席の沢渡が答案用紙を前へ回してから振《ふ》り返《かえ》った。

「ラクショー」と答えると沢渡は「マジかぁー」とおれの机にべしゃっとつっぷした。

「うそ。んなわけないだろ」

おれが苦笑《くしょう》すると、「焦《あせ》らすなよっ」とからだを起こして、にやりとした。

「ま、試験なんて終われればこっちのもんだけどな」

「どっちのもんだよ。沢渡のほうこそ、試験前もバイトしてて余裕《よゆう》じゃん」

「ばーか。うちは余裕ねーからバイトしてんじゃん」

と、沢渡は肩《かた》をあげた。

それって、家計がってことだろうか。前にバイトしていたドラッグストアでも、めちゃくちゃシフトを入れている女子がいた。「欲《ほ》しいもんでもあんの？」と聞いたら、「水道代、いい加減払《はら》わないとやばいから」と鼻で笑われた。なんで水道代？　あのときは意味がわからなかった。おれにとってのバイトは、半分は小遣《こづか》い稼《かせ》ぎで、もう半分は暇《ひま》つぶしだったから。

バイト代が家計費に回るなんて考えたこともなかった。

沢渡も……。

「な、周東も帰りにカラオケ行かね？」

「カラオケ？」

「打ち上げ。バイトのシフト入ってないから相田《あいだ》とか舛木《ますき》とかと行くんだけど。あ、女子も何人か誘《さそ》ってるしさ。な、今日くらい、ぱーっとやろうぜ」

なんだ、余裕《よゆう》ないって小遣《こづか》いのことか。だよな、沢渡は学校帰りによくあそびに行ってるし、スマホだって持ってる。

どこかほっとした。

「カラオケかぁ」

予定はとくにない。コンビニを張りこむ必要もなくなったし、七海や湊との約束は明日だ。

「行こーぜ、明日試験休みだしさ」

「じゃあ、うん」

おれがうなずくと、「よっしゃ！　相田、周東も行くってー」と声をあげて、廊下《ろうか》側の一番前の席に向かって、机の間をすり抜《ぬ》けていった。

高校に入学した当初は、誘われるとよく学校帰りにカラオケだったり、ファストフード店に行っていた。中学のときは三年の夏前までは部活一色だったし、引退してからは塾通《じゅくがよ》いが始まった。放課後をあそんで過ごすという経験がなかったせいか、友だちとわいわいつるむことが妙《みょう》に新鮮《しんせん》で、充実感《じゅうじつかん》があった。けど一か月もすると飽《あ》きてきた。ついでに小遣《こづか》いもやばいことになって、週三日ドラッグストアでバイトを始めた。仕事内容はレジと品出しがメインで、とくに難しいこともなかった。しいて難を言えば、休日なんかに長時間のシフトに入ると、途中《とちゅう》で休憩《きゅうけい》をとらされることだった。休憩時間はたいていバックヤードでジュースを飲みながらスマホをいじっていたけれど、おしゃべりなパートのおばさんたちが、やたらと話しかけてくるのだ。それはなかなかに鬱陶《うっとう》しいものだった。けど、総じて働きやすいバイト先だった。これなら案外続けられるかも、と思っていた矢先、閉店してしまった。近所に大型のドラッグストアができて客足が大きく減ったことが原因なのだと、おしゃべりなおばさんたちは言っていた。

べつのバイトを見つけようと思っているうちに、ありすのことがあったり、期末試験になったりして、そのままになっている。

ざわついた空気の中でＨＲが終わり、おれたちはぞろぞろと教室を出た。

「飲みもんはフリードリンク。部屋出て左にドリンクコーナーあるから」

なれていない参加者のために、沢渡はここのシステムを説明している。というのも手《て》あたり次第《しだい》に声をかけたようで、参加者は十四人もいた。クラスの三分の一以上だ。沢渡のコミュ力《りょく》にちょっと驚《おどろ》いた。

「おれからいかせていただきまーす‼」

沢渡がマイクをつきあげた。わいわいしている中で、カッティングから始まる勢いのあるギターのイントロが始まった。Ado《アド》の『逆光《ぎゃっこう》』だ。

わっと一気に盛りあがる。

沢渡とは春ごろに何度か一緒《いっしょ》にカラオケに行ったことがあるけれど、毎回一発目はこの曲からだった。うまくはないけど、勢いだけはあったんだよな。

〜散々な思い出は
悲しみを穿《うが》つほど〜

あ、うまくなってる。けど、切りこみ隊長としては、前くらいの下手さがちょうどよかったんじゃないか？　と思わないでもない。まあ、うまいとか下手とかは、すぐに気にしなくなるからいいのか。

「周東君も来るんだね」

カップにソフトクリームを入れて持ってきた大野《おおの》が隣《となり》に座《すわ》った。図書館以外で大野と会話をするのは妙《みょう》な感じがした。

「まあ、たまには。大野さんはよく参加してんの？」

「しないよ。カラオケって苦手だし」

「なのに来たの？」

大野はソフトクリームをスプーンでこねくりながら、タンバリンを叩《たた》いて笑っている吉村《よしむら》に目をやった。

「よっしーに頼《たの》まれたの。一緒《いっしょ》に行ってってって」

ああ、とおれは笑った。たしか吉村は相田のことが好きなんだったっけ。

「周東君はなに歌うの？」と、タッチパネルを取っておれに向けた。

「大野さんは？　先に入れちゃっていいよ」

うーん、と悩《なや》みながら大野はヨルシカの『ただ君《きみ》に晴《は》れ』を入れた。

歌うんじゃん、となんとなくおかしかった。

「貸して貸して」

タンバリンを手に盛りあげている相田が手を伸《の》ばしてきた。

「周東君がまだ」と言う大野に、先にいいよ、と手振《てぶ》りで伝えると、タッチパネルが相田に回った。

〜怒《いか》りよ今悪党ぶっ飛ばして

そりゃあ愛ある罰《ばつ》だ〜

沢渡が声を張りあげる。タンバリンを叩《たた》きながら一緒《いっしょ》に声をあげているやつもいる。しょっぱなから盛りあがりすぎて、久しぶりに参加したおれは、ちょっと引き気味に手拍子《てびょうし》をした。

沢渡の歌が終わると、鼓《つづみ》と三味線《しゃみせん》のイントロが流れた。演歌？

「だれだよ、石川《いしかわ》さゆり入れたのぉ」

相田が笑いながら言うと、「あたしー」と中島《なかじま》がマイクを奪《うば》い取《と》った。鋲《びょう》を打ったチョーカーにドクロ柄《がら》の黒いTシャツ、それに細いパンツというパンクファッションの女子だ。たしかバンドを組んでいるとか、いたとか、聞いた覚えがある。

「ナカチンかよ」

数名の男子が吹《ふ》き出《だ》している。

ぽん、ぽんぽん

鼓の音にまた爆笑《ばくしょう》する。

〜隠《かく》しきれない移り香が

いつしかあなたに浸《し》みついた〜

中島が歌い出すと、おー、とも、わー、ともいう声がこぼれた。うまい。パンク系のファッションで熱唱する中島からは妙《みょう》な迫力《はくりょく》すら感じる。こういうのは不思議と教室ではわからないのだ。

思わず聞き入っていると、「ちょっとごめーん」と言って、マラカス片手に沢渡がおれの隣《となり》に割りこんできた。大野がちょっとむっとした表情で、横にずれた。

「な、この前から＊＊＊ってんの？」

なに？　と、おれが聞こえないというように頭をかしげると、沢渡は手を口にあて、おれの耳元で言った。

「この前からなにやってんの？」

「ん？」

「うちのコンビニ、毎日偵察《ていさつ》しにきてたじゃん」

気づいてたのか。

おれたちが張っていたのは通りの向こうだし、店内からは見えていないと思っていた。

おれはわずかにからだを引いて、沢渡を見た。

口調はいつものように軽かったけれど、おれを見る目は好奇《こうき》のそれとは違《ちが》って見えた。かといって、どこまで話していいのか戸惑《とまど》う。

「コンビニを偵察《ていさつ》してるわけじゃないよ。てか、試験中も毎日バイト入ってたの？」

「まさか。さすがにそれはない」

「でもいま毎日って」

「見えんだよ、うちの窓から」

うちの窓？　コンビニのじゃなくて……ん？

「コンビニの上、おれんちだから」

「へっ」間の抜《ぬ》けた声が出た。

「あのコンビニのオーナー、おれの親父《おやじ》」

〜戻《もど》れなくてももういいの
くらくら燃える地を這《は》って
あなたと越《こ》えたい
天城越《あまぎご》え〜

うおー、めちゃうめーと拍手《はくしゅ》が鳴《な》り響《ひび》く中で、おれは沢渡を見た。

「……マジで」

「マジで」

沢渡はにっとした。

「毎日交代で通りの向こうからこっち見てるだろ、さすがに気になるじゃん」

「それは、うん。気になるよな。いやでもマジで偵察《ていさつ》とかじゃないから。……人を、捜《さが》してて」

「人?」

相田がポルノグラフィティの『サウダージ』を出だしから調子っぱずれに歌い出した。

「ちょっといいか」

おれは腰《こし》をあげて、沢渡を部屋の外へ連れ出した。

あちこちの部屋から、うまいんだか下手なんだかわからない歌が漏《も》れている。

「そっち行こ」と、沢渡が受付の横にあるベンチシートに足を向けた。

「人捜してるってどーいうこと?　だれかの家族とか?」

「家族?」

「よくあんじゃん、家出人の捜索《そうさく》っていうやつ」

「よくあるか?」

少なくともおれの周囲で家出した家族を捜《さが》しているって話は聞いたことがない。

「年間でたしか八万人以上じゃなかったっけ。しかも八万人ってのは、届けを出して受理された数だから、本当ンとこはもっといるんだろうな」

「八万人⁉」

「そっ。一日に二百人以上の人がいなくなってるって計算」

そんなにいるのか……。

「よくそんなこと知ってんな」

ん？　と沢渡は眉《まゆ》をあげた。

「おれんとこも出したから、行方《ゆくえ》不明者届。にーちゃんがいなくなったとき。まあ、事件性がないと捜査《そうさ》なんてしてくんないけど」

兄の家出という事実より、それを応募券《おうぼけん》でも出したようなノリであっさり口にした沢渡に驚《おどろ》いて反応できないでいると、

「そのあとすぐ帰って来たんだけどな」と笑った。

その間どこへ行っていたのか、なにが原因だったのか、いまどうしているのか……気になることはいろいろあったけれど、それは聞かなかった。

「ごめん、なんかそんな話させて。てか、おれらのはそういうことじゃないんだ」

「そうなんだ」

うん、と頭を小さく動かして息をついた。

「事情は、詳《くわ》しくは言えないんだけど。沢渡んとこのコンビニに四、五歳《さい》くらいの女の子と母親がときどき行くんだけど、その親子に用があって」

「親子？　知り合いってわけじゃないんだ」

「なんで？」

「知り合いなら待《ま》ち伏《ぶ》せとかしないじゃん」と沢渡は鼻で笑った。

「知り合いとまではいかないけど、知らないわけじゃないんだ、その親子のこと」

ふーん、と首をかしげておれを見た。

「いいけど、気をつけろよ。向こうにストーカーとか不審者《ふしんしゃ》だとか言われたらめんどーなことになるから」

「そーいうんじゃないし。家は、もうわかったし」

「なにそれ、えっ、家まで尾行《びこう》したとか？　それやばくね？」

「だから違《ちが》うって」

いや、本当は違っていないけど、ここは余計なことは言わないほうがいい。尾行したなんて言ったらガチで引かれる。

「ちょっと事情があってさ。で、沢渡に聞きたいことがあんだけど」

で、ってなんだよと苦笑《くしょう》しながら、「なにが聞きたいの」と沢渡は眉《まゆ》をあげた。

「その親子、沢渡んちのコンビニに行くって言ったけど、正確に言うと店の中には母親だけ入って、子どもは店の外にいるんだ」

「子どもだけ外に？　なんで？　あ、車の中とか」

違《ちが》う、とかぶりを振《ふ》ると沢渡は眉間《みけん》にしわを寄せた。

「そんな親いるか？」

「いる」

即答《そくとう》すると、沢渡はおれの目をじっと見て、ふうっと息をついた。

「なら余計わかんねぇ。だって女一人の客なんて普通《ふつう》に多いし」

「じゃあ、夕方の五時とか六時ごろにイートインを使ってる女っている？」

どうかな、と首をひねって、小さくうなった。

「レジからだとイートインって見えにくいからな。それにおれ、あんま店内とか見てないし」

「真面目に働けよ」

「ばっか、やってるって。けど、品出しに陳列《ちんれつ》、揚《あ》げ物《もの》なんかの調理だろ、やることめちゃくそ多いんだって。バイトが何人もいりゃべつだけど」

「あ、人件費高いっていうもんな」

「それもあるけど、募集《ぼしゅう》してもなかなかな。やっと来たと思ったら、サボることばっか考えてたり、遅刻《ちこく》があたりまえのやつとかさ、マジで使えねーし」

言ってることが経営者寄りで、同じ高一とは思えない。自分ちの店となると、単なるバイトっていう意識ではいられないのかもしれないけど。

「ん、どうした？」

「いや、沢渡って案外ちゃんとしてんだなと思って」

「知らなかったの？　やるときはやる男だよ、おれは」

沢渡は鼻の穴を広げて笑うと、よし、と立ちあがった。

「今日は盛りあがろーぜ」

そう言いながら沢渡は部屋へ足を向けた。


「楽しかったね！　周東君がこんなキャラだとは思わなかった」

「周東のAKB《エーケービー》、ちょーウケた」

「キャラ違《ちが》いすぎじゃね」

うしろから相田と舛木が肩《かた》を組んできた。

おれは普段《ふだん》そんなにつまらないやつだと思われてるんだろうか。……まあ、たしかにおもしろい人間ではないけど。

「たまにはな」

ぼそりと言ってからだをひねり、肩の上にある腕《うで》からすり抜《ぬ》けた。

沢渡に言われたこともあったけれど、それ以上に、もやもやとした気持ちを吐《は》き出《だ》したくて、三曲歌った。サンボマスターの『世界《せかい》はそれを愛《あい》と呼《よ》ぶんだぜ』、AKB《エーケービー》48《フォーティエイト》の『ヘビーローテーション』、Mrs.《ミセス》 GREEN《グリーン》 APPLE《アップル》の『私《わたし》は最強《さいきょう》』。どれも勢いさえあれば下手でも盛りあがる曲だ。

「ね、夏休みどうする?」

「わたし海行きたい!」

「おれも行く行く!」

「あたしも!」

歩道いっぱいに広がりながら盛りあがっている。うしろ向きに歩いていた相田が、向こうから来た自転車にぶつかりそうになり、女子数人がスマホで自撮《じど》りしている横を、会社員風の男の人が眉《まゆ》をひそめてすれ違《ちが》っていった。

危ないな、と思いながら、「おれ、こっちだから」と駅に向かう集団と別れて、バス通りへ足を向けた。

みんなでわいわいやっているときは楽しいけれど、一人になるとほっとする自分もいる。普段《ふだん》使わない表情筋を使ったせいか、顔がこわばっている。軽く頬《ほお》を叩《たた》きながら、ふと、ありすの母親が一人、イートインでスマホをいじっている光景が浮《う》かんだ。もちろんそんな場面に遭遇《そうぐう》したことなどない。けど、一瞬《いっしゅん》、わかるような気がして、あわててかぶりを振《ふ》った。

そんなことは考えるべきでも、ましてや口になどすべきではない。それに、子どもは他人じゃない。子どもといることに親が疲《つか》れるなんてことはないはずだ。そうだよな……。

数分前まで見えていた夕日が沈《しず》み、さっきまで汗《あせ》をかいていたはずなのに急に寒気がした。半袖《はんそで》から出た腕《うで》をこすり、首をすくめる。角のラーメン屋から、豚骨《とんこつ》スープのにおいが流れてきた。いつもはここを通ると腹が鳴ってしかたがないけれど、今日は胃がむかついた。

カラオケでポテトを食べすぎたかも。つばを飲みこむと喉《のど》も痛い。やっぱりカラオケのせいだ。

車道を走る車のライトに目を細めた。

それにしても寒い。

背中をまるめるようにしてバス停まで急いだ。

その晩、おれは熱を出した。三十九・三度。小二のときインフルエンザにかかって以来の高熱だ。体温計の数字を見たとき、「死」という文字が脳裏《のうり》をかすめた。寒くて震《ふる》えが止まらず、足元には湯たんぽを入れてもらったけれど、額には氷のうが置かれた。温めながら冷やすというこの処置は本当に正しいのだろうかと疑いながらも、それすら口にする気力もなかった。

背中が痛い。足や手の関節が痛い。喉《のど》が痛い。からだが重くてベッドに沈《しず》みこんでいく。瞼《まぶた》の裏に幾何学模様《きかがくもよう》のようなブロックが浮《う》かびあがって、それにのみこまれそうになる。

夜中、何度か額の上の氷のうが替《か》えられて、そのたびに目を覚まし、ポカリを飲まされた。それ以外はただただ、からだが沈みこんでいく感覚の中眠《ねむ》った。

朝、ぐっしょり汗《あせ》をかいて目が覚めた。下着とスエットを着替えながら、関節の痛みが消えていることに気が付いた。

「三十七・五度かぁ。知恵熱《ちえねつ》だったのかしら。だいぶ下がったけど今日は起きちゃだめよ」

母親は体温計をケースに戻《もど》すと、「飲んで」とグラスになみなみ入れたポカリをおれに向けた。

つばを飲みこむとまだ喉は痛むものの、ポカリは問題なく飲めた。普段《ふだん》はぼーっとした甘《あま》みが舌の上に残ってうまくもなんともないけれど、運動をしているときや熱のあるときに飲むスポーツドリンクは妙《みょう》にうまい。中途半端《ちゅうとはんぱ》に感じるあの味がやさしい甘みになって、からだの内側からじんわりとしみいる感じがする。

「熱なんて久しぶりね。次からは一夜漬《いちやづ》けなんてしないで、計画的にやりなさいよ」

そう言って母親はかけ布団《ぶとん》をぽんと叩《たた》き、カーテンを半分開けた。

「まぶしくない？」

うん、とくぐもった声で答えて寝返《ねがえ》りを打った。

「でもまあ試験中じゃなくてよかったじゃない。今日はゆっくり寝《ね》ていなさいよ」

ドアの閉まる音がして仰向《あおむ》けになった。

熱とか、なんだよ。

からだを起こすと、ふわっとした。ベッドから足をおろしてワンテンポおいてから立ちあがる。リュックに入れっぱなしになっているスマホを取って、ベッドに戻《もど》った。

湊と七海とのグループラインを開いて、今日の約束の延期を頼《たの》むメッセージを送ると、すぐに既読《きどく》が「1」ついて七海からは返信があった。

《熱？　お大事にね。延期の件は了解《りょうかい》です。治ったらラインしてね》

「ごめん」と「ありがとう」のスタンプを押《お》して、湊は試験中だったなと思い出した。

「律《りつ》、おかゆなら食べられるでしょ」

母親がノックもなしにドアを開けた。

「いきなり開けんなよ」と文句を言うと、母親は肩《かた》をあげて、「もう大丈夫《だいじょうぶ》そうね」と盆《ぼん》にのせた小さな土鍋《どなべ》を持ってきた。

「食べたら薬飲むの忘れないで。お母さん、もう仕事行くけどちゃんと寝《ね》てるのよ」

「わかってるよ……ありがと」と付け加えると、「行ってきます」と母親の目が笑った。

土鍋のふたを開けると、湯気があがり、溶《と》き卵《たまご》と分葱《わけぎ》ののったおじやがあらわれた。

「いただきます」とれんげの先に少しすくって口に入れる。卵とやわらかな米がとろりとして口《くち》触《ざわ》りがいい。次はもう少し多めにすくって口に入れる。

空腹を感じていたわけでもないのに、気が付いたら完食していた。

これだけ食欲があるって、昨日の熱はなんだったんだ。

ラインの通知音にスマホを見ると、湊からだった。

《知恵熱《ちえねつ》じゃん⁉(、≧▽≦`)　ウケる》

笑いごとじゃねーし。

〈試験終わったんかよ〉

と返信すると、間髪《かんはつ》いれず返ってきた。

《いろんな意味で終わった》

おれはくっと笑いながら、

〈ドンマイ〉

とだけ書いて送信した。

三日間、熱はあがったり下がったりした。その間、何度も同じ夢を見た。広い川の中州《なかす》に女の子がしゃがんでいる。川は激しく流れているのに、なにも音がしない。周りを見ると頭上にかかる赤い橋の上で、沢渡や相田、うちのクラスの面々がタンバリンやマラカスを手に、盛りあがっている。そこになぜか中学のときのクラスメイトも交じっている。おーいおーいと、おれは声を出すのだけれど、だれも応えてくれない。そのうち、中州が川にのみこまれて狭《せま》くなっていき、気づけば、女の子の足元まで川につかりそうになっている。おれは助けに行かなければと焦《あせ》るのに、足が動かない。足元を見ると、河原の砂利《じゃり》の間から細い蔓《つる》が何本も伸《の》びて足首に絡《から》みついている。おれは必死でむしりとるけれど、蔓は足首から膝《ひざ》のほうへと伸びてきて巻き付き、蛇《へび》が獲物《もの》を絞め殺《しころ》すように、じわじわと絞めつけられる。おれは転倒《てんとう》し、河原に倒《たお》れこむ。顔をあげると、中州は消えて川の真ん中で女の子が胸元《むなもと》まで水につかっている。

こっちだ！　頑張《がんば》れ！　声にならない声を張りあげる。と、次の瞬間《しゅんかん》、なぜかおれの手が女の子に届きそうになる。

距離感《きょりかん》もなにもごちゃごちゃだ。しかもあの濁流《だくりゅう》の中を、幼い子どもが立っていられるはずはない。でも、夢を見ているときはそんな疑問はまるでわかないのだ。

もう少し。もう少し。もう少し。

女の子に向かっておれは手を伸《の》ばす。そして中指の先がその子の背に届き、つかむ。女の子が振《ふ》り返《かえ》った瞬間《しゅんかん》、おれは「わっ」とも「ひゃっ」ともいうような声をあげて、その声でおれは飛び起きる。

夢だと気づいてほっとしても、しばらくの間、どくどくと心臓が高鳴り、喉《のど》の奥《おく》が震《ふる》えている。

振り返った少女の顔は、ありすになっていた。

何度か同じ夢を見ているうちに、夢の中でこれは夢だと気づくようになったのに、途中《とちゅう》でごっちゃになって、結局、同じように声をあげて目を覚ました。

「なかなか下がらないわね」と、母さんはコロナとインフルエンザの検査キットを買ってきた。

「風邪《かぜ》だよ、どっちも周りでかかってるやついなかったし」

と抵抗《ていこう》してみたけれど、「念のため」と、母さんはおれの鼻の穴に長い綿棒を突《つ》っこんでぐりぐりした。

せめて唾液《だえき》でわかる検査にしてくれればいいのに。この検査は大嫌《だいきら》いだ。

検査の結果、どちらも陰性《いんせい》だった。

「だから言っただろ」

文句を言うおれに、母さんは鼻を鳴らした。

「陰性《いんせい》ってわかってよかったじゃない。これで熱があがらなかったら外に出られるんだから」

おれはぶびっと鼻をかんだ。

四日目、ようやく三十七度台前半に下がり、五日目に三十六度台で安定した。湊と七海にラインをして、月曜日の終業式のあと午後二時にいつものマックで会うことになった。

十分前に到着《とうちゃく》して、ちょうど空いた壁際《かべぎわ》のテーブル席に座《すわ》った。店内はきれいに掃除《そうじ》されているけれど、ファストフード店特有の油のにおいがしみこんでいる。いつもはなんとも思わないにおいが、病《や》みあがりのせいか気になる。

紙コップのふたを外して、細かい氷ごとコーラを口に流しこむと、胃のあたりが少しすっきりした。

「ごめん、お待たせ」

「よっ、知恵熱《ちえねつ》くん」

七海と湊が二人一緒《いっしょ》に来た。

「おれ買って来るよ」

「じゃあアイスティー。ミルクもお願いします」

七海は湊に小銭《こぜに》を渡《わた》してから、おれの前の席に座《すわ》った。

「体調どう?」

「大丈夫《だいじょうぶ》。ごめんな、延期してもらっちゃって。あ、コロナもインフルも陰性《いんせい》だったから安心して」

ぴん、と親指を立てると、七海は「よかったね」とくすりと笑って髪《かみ》に手をやった。その指先に薄《うす》い桜色のマニキュアが塗《ぬ》ってあることに気が付いた。うちの学校では化粧《けしょう》をしている女子も結構多い。マニキュアくらいめずらしいわけじゃないけれど、つい指先に目が行ってしまう。

視線をあげると目が合ったけど、マニキュアのことには触《ふ》れずにへへっと笑った。

「あ、まだ二時一分前じゃん。遅刻魔《ちこくま》の湊がめずらしいな」

そう笑うと、七海はなにか言いたそうに薄く口を開いて、笑《え》みを浮《う》かべた。

「おっまたー!」

湊がトレーを持って、あたりまえのように七海の隣《となり》に座り、紙コップを七海の前に置いた。

「ありがとう」

「あー腹減った」と、湊はハンバーガーにかぶりついた。

「昼めし食ってこなかったのかよ」

あきれて笑うと、「だって七海ちゃんがさ」と口をもごもごさせながら言った。

七海を見ると、渋《しぶ》い顔をして湊を見ている。

え、ここに来る前、一緒《いっしょ》だったとか？　それって二人は付き合ってる……。いや、いままでそんな空気を感じたことなんてなかったし。って、おれが寝《ね》こんでいる数日でなにかあった、とか？

やっぱり。

おれがぐるぐる考えていると、「ごめん」と七海が言った。

「……いや、べつに謝《あやま》られることじゃ」

「でも、周東君になにも言わないで勝手なことをして」

「おれに、断る必要なんてないし」

そうだ。だれがだれと恋愛《れんあい》しようと自由だ。おれに断る必要も、遠慮《えんりょ》することもない。

正直言えば、ちょっと、いやかなりショックではある。けど、それを悟《さと》られるわけにはいかない。

「マジで、おれはいいと思うよ。湊って適当なとこもあるけど、キホンいいやつだし」

「あ、律希《りつき》にほめられた」

湊がげらげら笑う。

うっせーよ……。その横で七海がおれをまじまじと見た。

「周東君？」

「いや、だからおれに気ィつかうことは」

「待って、周東君、なんの話してるの？」

へっ？

「なんのって……、だから七海さんと湊は」

くしゃっと包みをまるめて、湊は口を動かしながらおれのほうに身を乗り出した。

「七海ちゃんとおれ、一昨日《おととい》ありすんちに行っちゃったんだ」

「…………」

「律希が治ってからって思ってたけど、知恵熱《ちえねつ》のわりになかなか治んないからさ」

ねっ、と湊は同意を求めるように七海に目をやった。

知恵熱って、おい。

おれは喉《のど》を鳴らして正面の二人を見た。

「そんなことなら言ってくれればよかったのに」

「だって言ったら周東君、一緒《いっしょ》に行くって言い出すんじゃないかと思って」

七海が肩《かた》をすくめると、湊はアップルパイに取りかかりながら、少しも悪びれたふうでもなく言った。

「律希はそんなに正義感とかないから大丈夫《だいじょうぶ》って言ったんだよ、おれは」

湊に言われたくはない。

「でもやっぱり隠《かく》してるのいやだなって思って、それで今日、青山君に早く来てもらって、周東君にちゃんと謝《あやま》ろうって話したの」

七海はまっすぐにおれを見て、真剣《しんけん》にというより、必死に言った。そんな七海に、頬《ほお》が緩《ゆる》みそうになって、雑にうなずいた。

「話してくれてよかった。へんな誤解しそうだったし」

「誤解って？」

湊が余計な口をはさんできたけど、それはスルーした。

「で、どうだった」

「それが」と七海は湊に視線を送った。湊も食べかけのアップルパイを、トレーの上に戻《もど》した。

「門の中でしゃがんでたの」

「この前もそうだった。玄関《げんかん》の横に」

七海は唇《くちびる》を噛《か》んで、こくんとうなずきテーブルの上で右のこぶしを左手で握《にぎ》った。

「ありすちゃん、紐《ひも》を、紐をつけられてた」

「……紐？」

「腰《こし》のところに。離《はな》れていると見えにくいけど、細いロープみたいな」

こぶしを握《にぎ》る七海の左手の指先が白くなる。おれは思わず七海の手に手を重ねた。

七海ははっとしたように顔をあげた。

「おれ、気づかなかった」

と、七海から手を離して息をつく。

「離れたところからだと気づかないと思う。青山君、マスクしたらばれないよって、門の前まで行って。そしたら」

「あれって、ありすが逃《に》げないようにってことだよな」

湊がぼそりと言った。

「凪がもっとちっこいころだけど、公園とか散歩に連れてくとき、迷子防止紐《ひも》っての？　リュックみたいなのにハーネス紐がついてんだけど、おれ、それをつけさせて散歩してたことあったんだ。そしたらおっかないおばさんに『子どもは犬じゃないんだよ！』って怒鳴《どな》られたことあった。でもさ、マジで危ないんだよ。手をつないでても、急に手をはなして駆《か》け出《だ》したりするし。ただ、ありすのはそういう迷子紐とはなんか違《ちが》うんだ」

わかる。見たわけでもないけれど、二人が言ってることはわかる。なにが違うのか問われたらうまくことばにできないけれど、異様さ、そう、異様さを感じるんだ。コンビニの前にいるありすを見たときも、玄関《げんかん》の横にしゃがんでいる姿も、あの雪の夜の様子も……。普通《ふつう》じゃないなに

た。

「どうって」と湊は憮然《ぶぜん》とした表情になり、七海は「なにも」と小さくかぶりを振《ふ》って目を伏《ふ》せ
「しょーがねーじゃん。いきなり家に乗りこんでいくわけにもいかないし」

だろ、と湊がおれの目を見た。

そうだけど、おれだってなにもできなかったと思うけど……。

「なんかできないかな、おれたちに」

おれが言うと、七海は視線をあげた。

「児相に通報する？」

「ジソウ？」

「そんなんも律希知らねーの？」と、湊は鼻を鳴らして「児童相談所のこと」と言った。

「略すなよ。それは知ってる」

ホントかよ、と湊は疑わしい目つきでおれを見て、息をついた。

「おれんちも昔、児童相談所の人が何度か来た」

「青山君の家に？」

「おれが六年のとき。母親が家を出ちゃったあとにさ」

驚《おどろ》く七海に、湊はなんでもないことのように言った。

「あ、でもばあちゃんがいるからおれんとこは大丈夫《だいじょうぶ》だったんだけど」

そうなんだ……と七海はうなずいて、「みんないろいろあるよね」と小さく笑った。

「でもいいのかな」

「なにが？」

おれが問うと、七海は「だから」と唇《くちびる》に指をあてた。

「児相に通報することが、ありすちゃんにとっていいことなのかなって」

「はっ？　七海さんがいま児相って言ったんだよな」

「そうなんだけど……。ごめん、児相に通報するのはセオリーだと思う。それが正しいことだってわかってるんだけど」

この間、バスで見た広告を思い出した。あれにもたしか、児童相談所の虐待《ぎゃくたい》対応ダイヤルとかいうのが書いてあったはずだ。

「最近もニュースでやってたでしょ、児相の職員が家に行ったけど、問題がないって判断されて、それで……とか。この前のネットニュースでも児相が経過観察を決めて、その間に起きたんだよ。一時保護されたとしても、そこから戻《もど》ったときに前よりひどくなってって事件もあったよね」

たしかにそういうニュースを見聞きしたことはある。児童相談所の対応が問題になったり、逆に相談件数が多くて、職員の手が回らないっていうことも指摘《してき》されていたはずだ。でも、どういう事情があるにしても、それは大人の問題だ。子どもには関係ない。

「おれもその事件覚えてる。胸糞悪《むなくそわる》い事件だったな」

湊が鼻を鳴らして、あっ、と目を見開いた。

「いっそのこと警察に頼《たの》むってのは？」

「無理」「だめだろ」

七海とおれの声がかぶって、湊は唇《くちびる》を突《つ》き出《だ》した。

「去年おれたちが交番に連れてったときだって、親とありすの様子を見ても、なんも疑ったりしなかったじゃん。しかも」

「感謝状」

七海のことばに、おれたちは顔を見合わせて、顔を歪《ゆが》めた。

なにが正解なのか、なにが間違《まちが》っているのか、答えが出ない。頭のいい大人や力を持っているはずの大人たちでも容易に解決できない問題なのだ。高校生のおれたちの考えることなんてたかが知れてる。

ただ、それでも見なかったことにはできない。したくない。今度こそは。

それだけは三人とも一致《いっち》していた。

「ありすはどうしたいんだろうな」

ぼそりと言うと、「それ!」と、湊が身を乗り出してきた。

隣《となり》の席にいる会社員風のおっさんが、ナゲット片手にこっちを見た。

すんません、とおれは隣のおっさんにちょんと会釈《えしゃく》をして、「でかい声出すなよ」とつま先を湊のスニーカーにあてた。

「そうだよね……」

七海がおれを見た。

「大事なのは、ありすちゃんの気持ち、だよね」

「ほらっ」とばかりに、湊があごをあげた。

おまえが得意がるとこじゃないけどな、とおれは軽く湊をにらんだ。

「あたりまえのことなのになんで気づかなかったんだろう。ね、いまから行ってみない?」

スマホをタップして時間を見ると、三時を少し過ぎたところだった。

「まだ保育園から帰ってきてないんじゃね?」

「だめもとでいいじゃん」

湊はトレーを手にして立ちあがった。


ありすと顔を合わせるのは、去年のあの日以来だ。四歳《さい》だったチビが一度会っただけのおれらのことを覚えているだろうか。かなりあやしい。仮に覚えていたとしても、ありすにとって、おれたちは信用できる存在とはいえない気がする。

「わたし、あのとき、おまわりさんはありすちゃんのことを守ってくれるんだよって言ったの」

歩きながら、七海がぽつりと言った。

「七海さんだけじゃないよ。交番に無理やり連れてったのはおれだし」

「だねー。まっ、グミで手なずけたのはおれだけど」

「手なずけたとか言うな」

湊にだめ出しをして、前を向きながら隣《となり》を歩く七海に、声のトーンを落として言った。

「おれら三人ともだから」

七海の視線を感じたけれど、気づかないふりをした。

途中《とちゅう》、湊がコンビニに行きたいと言って、市道沿いにある店に立ち寄った。おれと七海が手持《ても》ち無沙汰《ぶさた》に店内を一周していると、「行こ」とレシートをゴミ箱に捨てながら湊が声をかけてきた。

「なに買ったの」

なんとなく聞くと、湊は「ん？」と口角をあげてみせた。

ん、じゃねえよ。

そりゃまあ、なに買おうと勝手だし、そんなに興味があったわけじゃない。けど、はぐらかされると気になる。

そんな顔をしていたのか、七海がおれの顔を見てくすりと笑った。

市道を折れて住宅街に入ったとき、妙《みょう》な感覚になった。以前、ありす親子のあとをつけて歩いたときと街の印象が違《ちが》うのだ。あのときは静かな場所、というか、どこか閑散《かんさん》として見えたのに、いまは違う。昼間だからか？　それもあるだろうけど、なんだろうと考えながら歩いていくと、道端《みちばた》で犬を連れているおばさん二人が立ち話をしていた。二人は声をたてて笑い、足元ではトイプードルとパグが互《たが》いににおいをかぎ合っている。その横を通り過ぎると、どの家からか茶《ちゃ》碗《わん》を重ねる音が聞こえて、二階のベランダでは洗濯物《せんたくもの》がはためいている。遅《おそ》めの昼食なのか、チャーハンを炒《いた》めるようなにおいがする。向こうから野球のユニフォームを着た小学生三人が自転車に乗って走ってくる。

そうか。人の気配だ。あのときおれは、周りを気にするゆとりもなかったのか。

「そういえばさ、おれこの前すっげーへんな夢見た」

唐突《とうとつ》に振《ふ》り返《かえ》って湊が言った。

人の夢の話ほど不毛なものはない。おれは「へー」と気のない声を出してスルーしようとしたのに、「律希と七海ちゃんも登場してさ。聞きたい⁉」と湊は目を輝《かがや》かせた。

「べつに」と返して心持ち足を速めたけれど、「どんなの？」と七海が応じた。

「わっけわかんねーんだけど、おれの奥《おく》さんが律希でさ」

「はあ⁉」

思わず声をあげると、「夢、夢」と湊は笑った。

「おれを勝手に嫁《よめ》にすんなよ」

「だからへんな夢って言ったじゃん。でさ、子どもなのかどういう立ち位置なのかよくわかんねーんだけど、七海ちゃんとありすも一緒《いっしょ》に暮らしてんの」

「わたしも？」

「そっ。で、七海ちゃんとありすがおれんちの物干しで漫才《まんざい》やってて。すげーでかくなってる凪がオープンカー運転して、七海ちゃんとありすの漫才を見てんの。ほら、ドライブインシアターみたいに。凪ってまだ補助なし自転車にも乗れないのに生意気だよな」

「夢なんてそういうもんじゃん。で、どうなるわけ」

おれが言うと、そうそうと湊はおれを指さした。

「律希がすげーいっぱい餃子《ギョーザ》作ってて、平野《ひらの》レミが絶賛してて」

「平野レミ？」

「料理番組によく出てるおしゃべりな人だよね」

七海が言うと、「そっ」と湊はうなずいた。

「なんでそんな人が出てくんだよ」

「おれのばあちゃんが平野レミみたいで」

「支離滅裂《しりめつれつ》だな。で？」

「そんだけ」

「なんだそれっ」

「夢だもん。映画とかマンガじゃないんだから、なにがどうなって、こうなったみたいなストーリーなんてないよ」

……だから聞きたくなかったんだ、人の夢なんて。

「夢って、その人の潜在意識《せんざいいしき》が影響《えいきょう》するって言わない？」

「マジで？　えー、おれ律希が奥《おく》さんなんてやだよ」

「それはこっちのセリフだ」

ため息をつくと、七海が笑った。

「わたしとありすちゃんの漫才《まんざい》っていうのはなんなんだろうね。お笑い番組ってあんまり観《み》ないけど、今度観てみようかな」

「観て観て！」

湊はM－1がいいとかあれがいいとか、調子に乗ってしゃべってる。おれは七海が漫才をしている姿を思《おも》い浮《う》かべてみようとしたけど無理だった。

マジで湊の夢ってしょうもない。けど、おれの見た、中州《なかす》に取り残された女の子がありすの顔に……あの夢よりはマシだ。

ありすの家が見えると、自然と会話がなくなった。コインランドリーのにおいにほんの少し癒《い》やされながら歩を進めていくと、コインランドリーからランドリーバッグを持った若い女の人が出てきて、ありすんちの門の前で立ち止まった。

おれたちは顔を見合わせて、その人のうしろをゆっくり通り過ぎた。少し離《はな》れたところで振《ふ》り返《かえ》ると、その人は門の前で膝《ひざ》を曲げて、なにか話しかけている。

ありすがいるのか？　ここから姿は見えない。

女の人は門柱にあるチャイムを押《お》しているけれど、だれも出てこない。門の中を何度ものぞきこむようにしている。

と、七海が踵《きびす》を返した。おれと湊もそのあとについていく。

「どうかしたんですか？」

七海が声をかけると、女の人は驚《おどろ》いたように振《ふ》り向《む》いた。

「あそこ」と、膝《ひざ》を曲げて女の人が指さした。その先を見ると、カバーをかけた自転車が止まっていた。

「ほら見て」

腰《こし》をかがめる。

「あっ」思わず声が漏《も》れた。

カバーの下から赤い小さな靴《くつ》が見える。

「ありすちゃん⁉」

七海が声をかけると、女の人は七海を見あげるようにして振り返った。

「知ってる子？」

「はい。知ってます」

七海ははっきりと答えた。もしもおれが問われたら、こんなに迷わず答えられただろうか。正直、自信がない。

「ありす！」

湊も声をかけている。

「ありすちゃん」

二度目に七海が名前を呼ぶと、カバーがかさりと揺《ゆ》れた。

「よかった」と、女の人は笑顔《えがお》を見せた。

「さっきから声かけてたんだけど、なんにも反応してくれなくて。怖《こわ》かったのかな。そりゃそうだよね、知らない人に声かけられちゃね。でも暑いでしょ、あんなところにもぐってたら熱中症《ねっちゅうしょう》になっちゃう」

七海が門の取っ手を動かしたけれど開かない。

「おうちの人、いないみたいなの。この子、きっと鍵《かぎ》を忘れたか、なくしちゃって、おうちに入れなくなっちゃったのね」

普通《ふつう》はそう考えるのか。

おれたちだって、去年のあの日、雪の降る中一人でいたありすを迷子だと思った。交番に連れていくときもなにかを疑うこともしなかった。

あれ、と思ったのはあとでだ。

「じゃあ、お任せしてもいいかな。だんなに子ども任せてきてるの」

この人もあとになって、この状況《じょうきょう》の不自然さ、みたいなものに引っかかることがあるかもしれない。

「大丈夫《だいじょうぶ》です」

七海が言うと女の人は、「お母さん、早く帰ってくるといいね」とありすに向かって声をかけて、おれたちに小さく手を振《ふ》った。

女の人が角を曲がるのを見届けて、「ありすちゃん」と、七海は声のトーンを下げて声をかけた。

あごを伝って落ちた汗《あせ》がアスファルトに黒いシミを付ける。

「ありすちゃん、わたしたち去年ありすちゃんを交番に連れてったお兄さんとお姉さんだよ。覚えてる？」

反応はない。

「ありすちゃん、もしかしたらあのとき迷子じゃなかったんじゃないかなって。わたしたち、ありすちゃんが困ることをしちゃったんじゃないかって」

七海はすっと息を吸った。

「間違《まちが》ったことをしちゃったんじゃないかって心配になって。ありすちゃんのこと、捜《さが》したの」

カバーの下の靴《くつ》が半分引っこんだ。

「なにか、困っていることはない？」

…………。

「わたしたち、ありすちゃんに会いに来たの。力になりたくて。今度こそ、ありすちゃんのために」

カバーの裾《すそ》が静かにめくれて、ありすが顔をのぞかせた。

七海が門の柵《さく》を握《にぎ》る。がしゃ、と金属音をたてた。

「こっちにこれる？」

七海が声をかけ続ける。その横に湊が割りこむように入って膝《ひざ》を曲げた。

「これ、買って来たぞぉ」とポケットからなにかを取り出すと、七海がくすりと笑っておれを見た。

グミだ。って、また餌付《えづ》けかっ！

かさかさ、と湊はグミの袋《ふくろ》を振《ふ》ってみせる。さすがに今度は無理だろ、と思って見ていると、カバーの中からありすが出てきた。顔が真っ赤だ。前髪《まえがみ》が額にぺとっとはりついている。

「ほら、うまいよ」

湊の声にそろそろと近づいてきたありすのうしろに、ロープのような紐《ひも》が見えた。

聞いてはいたけれど、目《ま》のあたりにした瞬間《しゅんかん》、頭を殴《なぐ》られたようなショックを受けた。ロープは首の伸《の》びたTシャツの内側に巻かれているようで、一見すると見えない。それはつまり、人に見られないようにするため。母親はよくないこととわかってやっているということだ。

ロープをたどっていくと、その先は玄関《げんかん》わきの水道栓《せん》につながれている。

ありすが目の前まで来て、無表情のまま手を伸ばした。その手のひらの上で湊はグミの袋《ふくろ》を振《ふ》った。

ころころんと数個手のひらにのると、ありすは一粒《ひとつぶ》を口に入れた。

「うまい？」

湊が聞くと、笑うでもなくこくんとうなずく。

「ありすちゃん、教えて。ありすちゃんはどうしたい？」

ありすは、顔をあげた。色のない目を七海に向けている。

「お願い。教えて。ありすちゃんが困ること、絶対しないから」

湊が七海の隣《となり》にしゃがんだ。

「その紐《ひも》、だれにつけられた？」

薄《うす》く、ありすの口が開いた。

七海が門にしがみつくように顔を寄せた。

「もう……せん」

なに？　湊のうしろからおれは門の柵《さく》をつかんだ。

「……しません……ごめんなさい」

首筋がぞわっとした。

なんで謝《あやま》るんだよ。だれに謝ってるんだ。

「……ありすちゃんなにかしたの？　してないでしょ」

「なにをしたって、こんなことしていいわけないけどな」

湊が低い声でつぶやいた。

「来る？」

ことばが勝手に口をついた。湊と七海の視線を刹那《せつな》感じたけれど、おれはありすから目をそらさなかった。

「おれたちと、来る？」

もう一度、おれは繰《く》り返《かえ》した。

ありすの唇《くちびる》が動いた。

「なに？　なんて言った？」

「パパのおうち」

おれたちは顔を見合わせた。

そういえば去年、交番に迎《むか》えに来たのは母親だけだった。

「パパは家にいないの？」

湊が言うと、ありすはうなずいた。

「ありすちゃんはパパのところに行きたいのね？」

ありすは小さく頭を動かした。

「パパのおうち、わかる？」

七海が言うと、ありすは今度ははっきりうなずいた。

おれたちは顔を見合わせた。

「よし。じゃあまずそのロープだな」

おれは湊を押《お》しのけるようにして門の前にしゃがんだ。

「いまほどいてやるから。で、おれらがパパんとこまで連れてく。ここに背中つけて」

ありすはじっとおれを見て、それから背中を向けた。

「ちょっとごめんね」と七海がありすのTシャツをめくると、胴《どう》まわりにロープが二重に巻き付けてあった。こすれたのか肌《はだ》が赤くなっている。その少し上あたりに、赤黒いあざがあった。

七海は眉《まゆ》をひそめてロープの結び目に指をあて、数秒後、真面目な顔でおれと湊に顔を向けた。

「……はさみなんてないよね」

「ないよ」とおれは苦笑《くしょう》して、「替《か》わって」と七海と場所を替わった。

たしかにきつく締《し》めてある。ありすが勝手にどこかへ行ってしまわないように、ここから逃《に》げられないように、ありすにはほどけないように……。って、そんなことなら家から出さなければいいじゃないか。なんで外に……。

「ほどけそう？」

七海が心配そうに声をかけてきた。固くなった結び目の紐《ひも》をほどくのは、なれている。中学のとき、サッカーボールを入れる網袋《あみぶくろ》がよく謎《なぞ》に固く結ばれていることがあって、おれはそれをほどくのがやたらとうまかった。自慢《じまん》にもならない特技だけど。

「大丈夫《だいじょうぶ》」と、左右分かれている右側の紐を左に渡《わた》して強く持って引く。と、ぐりっとした感覚のあと、結び目にわずかな緩《ゆる》みが生まれる。そこをほじるように指でかいていくと、あっさりほどけた。からだに巻かれているロープを緩めると、ありすの足元に落ちた。

「門の鍵《かぎ》、開けられる？」

おれが言うとありすは頭を横に振《ふ》り、しゃがみこんだ。と、生《い》け垣《がき》のすきまをがさがさとくぐり抜《ぬ》けてきた。

「猫《ねこ》みたいだな」と湊は笑った。

第四章

だれが言い出したわけでもないけれど、来た道とは反対の、幹線道路に出るほうへ足を向けた。ありすの母親がどこへ行ったのかはわからないけれど、駅のほうに向かうより、鉢合《はちあ》わせする確率が低い。と、無意識に感じたからだと思う。

歩き始めてまもなく、雨が降って来た。

「降るなんて言ってなかったのにー」と、湊《みなと》は空を見あげて、目に入った！　と大げさに騒《さわ》いでいる。その横で七海《ななみ》はスマホの上で指をすべらしている。

「この先にコンビニがあるみたい」

七海がありすに手を伸《の》ばすと、ありすは七海のスカートをそっと握《にぎ》った。

よし行こ、とおれたちは足を速めた。

コンビニに駆《か》けこんだ直後、雨足は急に強くなり、地面を叩《たた》きつけるような豪雨《ごうう》になった。

雨に濡《ぬ》れたせいで、からだも冷えている。

東南アジア系の少し色黒の店員が、入口に傘立《かさた》てを出して、空を見あげている。

くしゃん、ありすがくしゃみをした。

「寒い?」と七海がハンドタオルでありすの髪《かみ》を拭《ふ》いていると、入口にいた店員がこっちを見た。

おれが軽く会釈《えしゃく》をすると、店員は空を指さした。

「スグヤム」

すぐやむ、ああ、すぐに雨がやむってことね。

「そっすか」とおれも空を見あげたけれど、なにをもってそう言ったのか謎《なぞ》だった。

飲みものを買って、店の外に据《す》えてある二つのベンチに並んで座《すわ》った。左のベンチに湊とおれ、隣《となり》の右のベンチに七海とありすだ。

だれもしゃべらない。セミの音《ね》も聞こえない。雨の音と、この先にある幹線道路を走る車のタイヤ音だけが鼓膜《こまく》を震《ふる》わせている。

半分ほど一気に飲んだ麦茶のペットボトルを足元に置いて空を見あげた。濃《こ》い鼠色《ねずみいろ》の雲の端《はし》が白くなってきたけれど、雨足は相変わらず強い。アスファルトの上に大きな水たまりができて、その上で雨粒《あまつぶ》が乱暴に跳《は》ねている。

当分やまなそうだよ、とガラスの向こうに目をやると、自動ドアが開いて、さっきの店員が出てきた。

え、まさか読まれた? べつに文句を言ったわけじゃ、とあたふたしていると、店員は七海の前に立ち止まって、「コレ」とタオルを差し出した。

七海は顔をあげて首をひねる。と、店員はタオルを自分の頭にあてるジェスチャーをして、ありすを指さした。

「それでありすの髪《かみ》を拭《ふ》いてやれってことじゃね？」

店員の顔を見ながらおれが言うと、七海は「ありがとうございます」と言いながらタオルを受け取った。

「カゼヒク　ネツデル　コドモ　シンパイ」

「小さい子に、風邪《かぜ》をひかせちゃだめですよね」

七海は笑《え》みを浮《う》かべて、ありすの髪にタオルをあてた。店員はそれを嬉《うれ》しそうに見て、店の中に戻《もど》っていった。

「やさしい人だね」

ありすの髪を拭きながら七海は口角をあげた。

「だな」

知り合いの子どもでも、ましてや自分の子でもない、赤の他人の子どものことをあたりまえに心配して、タオルを差し出した。どこの国の人かわからなかったけれど、あの人の国ではそれがあたりまえなんだろうか。……違《ちが》うか、あの人がそういうことのできる人間なんだ。

「あの店員さん、子どもがいるのかもな」

「ん？　なんで」と、隣《となり》を見ると湊が肩《かた》をあげた。

「だって子どものことよく知ってる感じだったじゃん。きっとさ、日本に出稼《でかせ》ぎに来てんだよ。国に奥《おく》さんと子どもを残してきてさ、会いたくても会えなくて。小さい子を見ると、子どものこととか思い出すんだろうな」

……いや、結婚《けっこん》なんてしてないかもしれないし、もしかしたら日本人と結婚して、家族と日本で暮らしてるかもしれない。働くことが目的で日本に来たんじゃなくて、留学生アルバイトかもしれないし。

「人の人生、てきとーにでっちあげんなよ」

おれが言うと、「あ、雨やんだ」と湊は立ちあがって振《ふ》り向《む》いた。

ジージジジジ
セミが一斉《いっせい》に鳴き始めた。

「んじゃ、ありすのパパんちに行くか」

そうだった。いつまでも呑気《のんき》に雨宿りなんてしてる場合じゃなかった。

「で、ありすのパパはどこにいんの？」

おれが言うと、ありすは靴《くつ》を脱《ぬ》いで中敷《なかじ》きの下から小さく折りたたんである紙を出した。思わずおれたちは顔を見合わせた。

「ここに入れとくって、だれに教えてもらった?」

「まおせんせい」

「まお先生って、保育園の先生?」

七海が言うと、ありすはこくんとうなずいた。

ってことは、保育園でも虐待《ぎゃくたい》を疑ってたってことじゃないのか?

「ちょっと見せてくれる?」

七海が言うと、ありすは素直《すなお》にそれを渡《わた》した。

「宅配便の伝票だね」

七海はおれと湊を見て、それを丁寧《ていねい》に広げた。

「これ、どうしたの?」

「おたんじょうびのはこについてた」

ああ、と七海は笑《え》みを浮《う》かべて「パパがプレゼントを贈《おく》ってくれたんだね」とうなずいた。

伝票には、お届け先の欄《らん》に『眞中《まなか》ありす様』とあり、その下のご依頼主《いらいぬし》のところに住所と『西村尊』の名が記されていた。

「にしむら……そん?」

湊が言うと、「たける。だと思うよ」と七海は顔をあげずに言った。その隣《となり》で、ありすが「たけるくん」とうなずいている。

おれがぷっと笑うと湊は唇《くちびる》を尖《とが》らせた。

「住所は、熱海市《あたみし》いらふ町三丁目」

「熱海って静岡じゃん」

「周東《すとう》君、知り合いでもいるの？」

「いや、いないけど」

七海は、なんだ、というように肩《かた》をあげて、伝票に視線を戻《もど》した。

「あ、電話番号も書いてある」

「んじゃ、ラクショーじゃん！」

湊が声を弾《はず》ませると、ありすがかぶりを振《ふ》った。

「パパじゃないひとがでた」

おれと湊の目が一瞬《いっしゅん》合った。

「……そっか、パパ、書き間違《かまちが》えちゃったんだね」

七海に言われて、ありすは大きくうなずいた。

きっと書き間違えじゃない。湊も同じことを考えていたのだと思う。ありすのパパは、でたらめを書いたんだろうって。

となると、この住所もあやしく感じる。

「どうする？」

七海と湊に問いかけると、二人は顔を見合わせた。ありすが七海のスカートを小さく揺《ゆ》らして見あげている。

「あ、ごめんね。早くパパに会いたいよね」

「けど、もう四時過ぎだろ？　いまから静岡ってのはおれ無理。凪《なぎ》の迎《むか》えもあるし——。って、そういえば、ありす、保育園から帰るの早くね？」

「おやすみした。ママがいかなくていいって」

湊は首をひねるようにして「そっか」と答えた。

「わたしもいまから熱海までは難しいな……」

たしかにいますぐは現実的じゃない。

「よし」と、ありすの前にしゃがんだ。

「明日行こう。約束する」

おれが言うと、ありすの表情が曇《くも》った。

「そんな顔すんなよ。会いたいのはわかるけど。静岡ってそこそこ距離《きょり》あるしさ、今日の今日でってのは」

ぶん、とありすはかぶりを振《ふ》った。

「なに？　なにが違《ちが》うんだよ」

「…………」

なにも答えず自分のスカートを握《にぎ》っている。

だんまりかよ。参ったな、と顔をあげると七海が隣《となり》にしゃがんで、ありすの顔を見あげた。

「もしかして、おうちに帰らなきゃいけないって心配してるの？」

スカートを握ったありすのこぶしが小刻みに震《ふる》えている。

「大丈夫《だいじょうぶ》。ありすちゃんが困ることはしないって約束したでしょ。ありすちゃんを家に帰したりなんてしないよ」

顔をあげたありすに、「本当」と七海は大きくゆっくりとうなずいた。

「んじゃ、まずは、明日までありすをどうするかだよな」

おれが言うと、七海は驚《おどろ》いたようにおれを見た。

「なに？」

「だって、おれたちと、来る？　って。周東君さっき言ったよね？」

言った。たしかにはっきりと。自分で言って自分に驚いた。

「周東君、どこかあてがあるのかと思ってた」

「……ないけど」

おれが言うと、七海は絶句した。

ありすはなにも言わず、おれを見あげた。

いい話ではないことを感じている、そんな表情に見える。

「だ、大丈夫《だいじょうぶ》。心配すんな。いま考えてるから」

七海はため息をついて、上目遣《うわめづか》いにおれを見た。

「心配するなって言っても……。ノープランなんでしょ」

はい。ノープランです。七海の失望に満ちたまなざしが痛い。

まあまあ、と湊が割りこんできた。

「七海ちゃんの言うこともわかるけどさ、しょーじき、プランなんてたててたら、こんなことできなかったんじゃね？」

湊……。

「とりあえず、ありす救出作戦は成功したんだからさ」

こんなにも湊を頼《たの》もしく思ったことはない。思わず抱《だ》きしめたくなった。むろん、思っただけだ。

「それは、そうだけど……」

七海はありすの髪《かみ》を拭《ふ》いていたタオルを握《にぎ》った。

「こんなとき小説とかマンガだと、信頼《しんらい》できる親戚《しんせき》のおばさんとか頼《たよ》りになる従姉《いとこ》とかが出てきて、うちで預かるよとか言ってくれるんだよ。でもわたしにはそんなおばも、従姉もいないし……」

「おれだっていないけど」と目をやると、だろうねと七海はありすの手を握って空を見あげた。

さっきまでの重たい雲が流れて、ばかみたいにぎらぎらした太陽がおれたちを見おろしている。

一日くらいならおれんちで。親には軽いノリで、「今日泊《と》めるからよろしく～」なんて言えばなんとかなるか？　いや、まず間違《まちが》いなく、どこの子だって話になる。なら、こっそり部屋にかくまう！　……無理だろう。猫《ねこ》や犬を拾って部屋の中でこっそり、なんていうのとはわけが違う。いや、犬や猫だって正直ばれる気しかしない。おれが何度、ノックしてくれと頼《たの》んでも、いきなり部屋に入ってくる母親に見つからず、一晩やりすごすなんてできるわけがない。だいたい母さんは妙《みょう》なところで勘《かん》がいいのだ。

思わずため息が漏《も》れた。

なんの力もアイデアもないのに、感情と勢いとに任せて調子のいいことを言った。

おれたちはまだ高校生で、大人から見たら十分子どもで、事実、なんの力もない。こんなちっこいやつ一人、守ることもできないんだ……。

ベンチに座《すわ》ってじっとしているありすの頭に、つむじを二つ発見した。ダブルクラウン。つむじが二つある人は大物になるっていわれている。……って、そんなことはいまはどうでもいい。軽い現実逃避《とうひ》をしている自分が情けない。

「わたし、お金なら少しある」

「金？」

七海は湊にうなずいた。

「ありすちゃん、今日はホテルに泊《と》まってもらうしかないんじゃない？」

七海ちゃん金持ち！　といつものテンションのままの湊が癇《かん》に障《さわ》った。

「子ども一人で泊まるなんて、ホテル側はＮＧだろ。おれらにしたって高校生なんて、親の同意がいるとか言われそうじゃね」

と言うと七海は上目遣《うわめづか》いにおれを見た。

「高校生ってばれなければよくない？」

ばれない、だろうか？

「いや、だけど」

「わたしが一緒《いっしょ》に」

「七海さんちの親、外泊《がいはく》とか許してくれんの？」

明日父親の居場所がわからなかったら……。今晩だけではすまないかもしれないんだ。

「なら、おれんち来る？」

さらりと口にした湊を、おれと七海は同時に見た。

「いいの⁉」

「マジで？」

「おれんち、部屋あまってるし」

いや、そういう物理的なことを言っているわけじゃない。

「ぼろいけど家だけは広いし、ばあちゃんは夜まで仕事行ってるしさ。数日くらいならばれないと思う。あ、凪には話すよ。協力者は必要だから」

「協力者？」

おれが首をひねると、湊はくいとあごをあげた。

「この前、サクラがうちにいたときも凪が協力してくれたからばれなかったし」

「サクラって……。え、なに、ばあちゃんには秘密で家にいたわけ？　どんくらい？」

「喧嘩《けんか》してけがしてたから、それが治るまで一週間くらいだったかな」

なんでもないことのように湊は言ったけど、サクラってなに者だ？　喧嘩でけがって尋常《じんじょう》じゃ

ない。ヤンキーなのか⁉

七海はさっきから無言のまま、怪訝《けげん》そうな目を湊に向けている。

「いくつの子？」

「年はわかんない」

「知らないの⁉」

勢いよく立ちあがった七海に、ありすはびくりとした。

「あ、ごめん、ありすちゃん」

七海はありすの隣《となり》に腰《こし》を落として、視線だけ湊に向けた。

「でもおかしいでしょ、彼女《かのじょ》の年も知らないって」

…………。

一瞬《いっしゅん》の間が空き、次の瞬間、湊が爆笑《ばくしょう》した。

「違《ちが》う違うって」

「なにがよ」

「だ、だって彼女とか、マジウケるんだけど」

湊はひぃひぃ笑いながら腹をさすって言った。

「サクラは猫《ねこ》」

話によると、サクラは近所でよく見かける野良猫《のらねこ》で、右耳の先が花びら形にカットされていることから、湊と凪は「サクラ」と呼ぶようになったのだという。

ちなみに、耳先を花びら形にカットしているのは、不妊《ふにん》・去勢手術ずみの地域猫のしるしなのだという。こうすることで、野良猫の殺処分を防いでいるらしい。

その地域猫のサクラが、肉が見えるほどのけがを顔と足に負っているのを見つけて、家に連れて帰ったのだという。

「けがしてんのに、また喧嘩《けんか》したらやばいじゃん。だから治るまでって」

ばあちゃんは猫が苦手だから、保護していることは秘密にしたらしい。

「けがが治るまでの間なら、おばあちゃんもだめなんて言わなかったんじゃない?」

七海が言うと「かもだけど」と湊は肩《かた》をあげた。

「なんつーか、おれたちも居候《いそうろう》みたいなもんだし、あんま勝手なことすんのもさ」

湊……。

「それから」と、湊は真面目な顔でおれたちを見た。

「サクラ、オスだから」

……それはどうでもいい。

おれと七海は引きつった笑《え》みを浮《う》かべた。

ありすを家に預かるというのは、猫《ねこ》を保護するのとはわけが違《ちが》う。そのことを湊がどこまでわかっているのか疑問だ。疑問ではあるけれど、いまは湊に頼《たよ》るしかない。

幹線道路まで出て、おれたちは路線バスに乗った。湊の家までは、歩いても二十分ほどの距離《きょり》だけれど、ありすを連れて歩いているところをあまり人に見られたくない、という心理が働いてバスに乗ることにしたのだ。

車内は数名の乗客がいるだけですいていた。おれと湊は一番うしろの席に座《すわ》り、七海とありすは、その前の席に二人並んで座った。

なにげなく車内に目をやると、座席の上にこの前見たものと同じ広告ポスターが貼《は》ってあった。

「ストップ虐待《ぎゃくたい》」

児相の虐待対応ダイヤル189の数字も並んでいる。

189。ここに連絡《れんらく》をするのが正解だ。事故が起きたら110、火事のときは119。189もそれと同じ緊急《きんきゅう》通報用の番号だ。

だけど……。

二つつむじのある、ありすの頭に目をやった。

ありすはそれを望んでいない。望んでいないのは、信じていないから。信じられなくしたのは、たぶんおれたちのせいだ。

「次おりるよ」

湊が前の座席の二人に声をかけて、降車ボタンを押《お》した。

停留所から湊の家までは五分ほどだ。おれんちのあたりは、新興住宅地のような地域で、比較《ひかく》的《てき》新しい感じのマンションや住宅が並んでいるけれど、このあたりは古くて大きな家が目立つ。

住宅街の細い道からさらに一本中に入ると右手に立派な門柱があり、その向こうに砂利道《じゃりみち》が続いている。

「ここ」と湊が指さした先に二階建ての瓦屋根《かわらやね》の家があり、その隣《となり》に小さな、といっても母屋《おもや》に比べればというレベルだけど、平屋建ての家もある。

「そっちは離《はな》れ」

「離れのある家って、わたし初めて見たかも」

七海が興味深そうに、平屋建ての家を見ている。

「どーぞ」

湊が母屋の格子戸《こうしど》を開けた。中に入ると、広い玄関《げんかん》になっていて、蚊取《かと》り線香《せんこう》のにおいがした。

「みなとー？」

「やべ、ばあちゃん帰ってんじゃん」

湊が脱《ぬ》ぎかけた靴《くつ》のまま格子戸《こうしど》のほうへからだを向けると、こつん、こつん、と足音？　が近づいてきた。

「あら」

顔を出したのは、ショートカットの女の人だった。左手にT字杖《じづえ》を持っている。

この人が湊のばあちゃん？　小学校の卒業式のときに見かけたけど、あのときとは印象が違《ちが》う。

「お友だち？」

「そっ、うん。友だち」

湊は半分からだを戻《もど》しながら、へへっと笑った。

「こんにちは」

七海が姿勢を正して頭を下げた。おれもつられるように、「ちわ」と会釈《えしゃく》をすると、ありすは七海のうしろに隠《かく》れた。

「あら、小さなお客さんもいるのね」

湊のばあちゃんは目を細めた。

「そうだ、悪いけど雨戸閉めちゃってくれる」

「いいよ」

お願いね、と、ばあちゃんが奥《おく》に行ってしまうと、湊は「やっぺ」と目を見開いた。

「先、二階あがってて。そこの階段あがってすぐ左の部屋ね。おれ、雨戸閉めてくるから」

「わかった」と答えて靴《くつ》を脱《ぬ》ぐと、「お邪魔《じゃま》します」と言いながら七海はありすの靴をそろえた。

玄関《げんかん》をあがると廊下《ろうか》の途中《とちゅう》に階段がある。学校やマンションの階段と比べると一段が高い。数段あがったところで振《ふ》り返《かえ》ると、ありすが階段に手をあてて、一段一段足をあげている。

「ゆっくりでいいよ」

七海がうしろから声をかけている。

二階にあがると、左手にふすまがあった。ここか、とスライドさせると、うちのリビングくらいの広い部屋に二段ベッドと勉強机が一つ、それから壁際《かべぎわ》に本棚《ほんだな》とタンスが並んでいた。タンスの上には写真が一つ飾《かざ》ってある。

「これ、お父さんかな」

背中から七海の声がした。

「たぶん」

湊とよく似た目をした男の人の写真だ。

ありすは物めずらしさなのか、緊張《きんちょう》しているのか、直立したまま部屋の中を見回している。と思ったら、窓のそばに行って外を指さした。

ん？　と見ると、窓の正面にある大きな木の枝に、小さな鳥が一羽《わ》とまっていた。大きさはスズメと同じくらいだけど、腹がオレンジ色で頭が青い。澄《す》んだ声でヒッ、ヒッ、ヒッと鳴いている。

「鳥好きなの？」

おれが聞くと、ありすは首をかしげた。

「そうだ、ありすちゃんはなにが好き？」

七海が畳《たたみ》に膝《ひざ》をついて尋《たず》ねると、ありすはかしげた首をさらに深く倒《たお》した。

外では、鳥がしきりにヒッ、ヒッと鳴いている。

「おまたせっ」と、足音を響《ひび》かせて入ってくると、湊は「あぢー」と窓を開けた。風鈴《ふうりん》の短冊《たんざく》がくるくる回りながらちりんちりんと音をたてる。

「おばあちゃん、大丈夫《だいじょうぶ》だった？」

あー、うんと額を親指でこすりながら曖昧《あいまい》な返事をして、扇風機《せんぷうき》のスイッチを入れた。

セミの声に木の葉がこすれる音に風鈴に鳥のさえずり……。

マンションとは違《ちが》って、ここはいろんな音が聞こえる。

「ばあちゃん、足どうかしたの？」

「変形性なんとか。年取るといろいろあるんだって。っていっても、ばあちゃんめちゃくちゃ元気だけどな」

「若いよね、おばあちゃんには見えなかった」

七海が目を見開いた。

そうか、さっき印象が違《ちが》うと思ったのは、杖《つえ》をついてはいるものの、小学校の卒業式のときより若く見えたからだ。

ヒッ、ヒッ、ヒッ
湊は窓の外に目を向けた。

「ジョウビタキだ」

「あの鳥?」

七海がちらとありすを見た。

「そっ。冬鳥なんだけど、最近は夏も見かける」

「湊ってそういうの詳《くわ》しいんだ」

おれが言うと、「そういうのってなんだよ」と湊は苦笑《くしょう》して、もう一度窓の外に目をやった。

「べつに詳しいわけじゃないけど。ジョウビタキって、渡《わた》り鳥《どり》だけど群れないんだ。群れないほうが生きやすいんだとさ。そういうのなんかあれじゃん」

続きのことばを待ったけれど、湊はなにも言わなかった。

ちりん、と風鈴《ふうりん》が小さく音をたてる。

「それよか、今日って律希《りつき》もうちに泊《と》まれね？」

「おれ？」

うん、と湊はうなずいた。

「まさか、もうばあちゃん帰ってると思わなかったからさ、マジ誤算だった」

と、畳《たたみ》の上にどすんとあぐらをかく湊の横におれも座《すわ》り、七海はありすに「おいで」と声をかけて窓の桟《さん》に腰《こし》かけた。

「泊まるのはべつにいいけど、なんで？」

「いやさ、本当はありすの存在、内緒《ないしょ》にするつもりだったんだ。説明すんのややこしいじゃん」

「そりゃそうだよな」

この状況《じょうきょう》をうまく説明できる自信もない。

「てかさ、内緒にしようってのは無理があるしな」

「んなことないよ。ばあちゃん、足悪くしてから二階には基本来ないから」

「マジか。うちなんていきなり部屋に入ってくるんだぜ。ノックもなしで」

おれがグチると、「わたしんところよりはマシだよ」と七海はため息をついた。

「プライバシーとか、まったく無視の家だから」

「七海ちゃんちってすげー高級マンションじゃん。あ、わかった！　オープンな家ってやつだ。ドアがないとか、壁《かべ》も天井《てんじょう》までないとか。テレビで見たことある、そういうの」

と、湊が得意そうに鼻の穴を広げると、七海は「ドアも壁も普通《ふつう》だよ」と肩《かた》をあげた。

「普通じゃないのは親の行動」

「行動？」

おれが言うと、七海はうなずいた。

「わたしがいない間に、勝手に部屋に入って荷物とかノートとかチェックするの」

マジか……。

「それおれだめ」と湊が顔をしかめると、「みんないやでしょ」と七海は口をすぼめた。

「姉が思いどおりにならなかったから、その反動なんだと思うけど」

「えっ、だって姉ちゃんって」

おれが口ごもると、「なに？」と、七海はおれの目をのぞきこんだ。

「いや、七海さんの姉ちゃんって、医大に通ってるって聞いたことがあったから」

七海は薄《うす》く笑った。

「みんなよく知ってるよね。っていうか、発信源はうちの親なんだろうけど。……うん、そう。

医学部には通ってたよ。受験まではもう家の中もぴりぴりしちゃって、なんていうのかな、姉の受験の邪魔《じゃま》になることは一切《いっさい》認められないの。共通テストの前なんて、わたしまで学校休まされたんだよ」

「なんで？」

湊がぽかんと口を開けた。

「わたしが学校で、風邪《かぜ》とかインフルエンザとか、コロナをもらってきたらいけないからって」

おれと湊は顔を見合わせた。

「で、いろいろあったけど、見事に姉は国立の医学部に合格したの」

「それは、すげーよな」

複雑な表情で、湊はおれに同意を求めてきた。

「ごめん、えっと、それって親の思いどおりになったんじゃないの？」

「そのときはね。親たちはすごく喜んで。あれがピークだったな。一年後に、姉は家を出ていったの。親はもう半狂乱《はんきょうらん》で捜《さが》してたよ。とくに父は。実の娘《むすめ》だしね」

「実の娘？　え、七海ちゃんは」

「それはいいから」とおれは湊を制した。

「探偵《たんてい》まで雇《やと》って、居場所がわかったのは半年後くらいだったかな」

見つかったんだ、とおれが息をつくと、七海は首をかしげた。

「姉はね、子ども産んでた。相手は十八歳《さい》の高校生で。彼《かれ》は高校やめて左官屋さんで働いてて。わたしは会ったことないけど、ちゃんと家族を守ろうとしてるんだなって、いやな気持ちはしなかった。でも親たちは違《ちが》うんだよね。期待していた分だけ、裏切られた気持ちになったんだと思う。結局、縁《えん》を切るみたいになって、うちではいまだって姉の話はタブー。わたしなんて転校までさせられて。あ、姉は学校で有名人だったから。親にしてみたら学校に行くたびに姉のことを聞かれるのに堪《た》えられなかったんだと思う」

「あー、それでうちの中学に転校してきたんだ！」

湊の声が気持ち高くなった。湊は七海が転校する前に通っていた中学が、名門の桜葉《おうば》女子だということは知らないから。桜葉をやめさせるって、相当なことだ。

「それからだよ。親の干渉《かんしょう》が尋常《じんじょう》じゃなくなったの。それでも最初は期待されることに応えなきゃって、どこか嬉《うれ》しいような気もしてた。ほんの少しの間だけだけど」

そう言って七海は苦笑《くしょう》した。

「みんな親には苦労してんだな……」

めずらしく神妙《しんみょう》な顔をして湊がつぶやくと、一瞬《いっしゅん》空気が止まり、そのあとおれと七海が同時に吹《ふ》き出《だ》した。

「なんだよっ」

「だって、いや、そうなんだけど」

「ごめん、でも青山《あおやま》君の顔」

七海は顔を赤くしながら笑い、その隣《となり》でありすまで鼻の穴をひくひくさせている。

「あー、人の顔見て笑うってひでー」

湊がありすの頭に手をあてて、髪《かみ》をぐしゃっとすると、ありすは小さな歯を見せた。

ありすの笑う顔を初めて見た。

「湊ー、時間大丈夫《だいじょうぶ》ー？」

階下からの声に、湊は勉強机の上にあるデジタル時計を見て「やべ」と立ちあがった。

「おれ、凪の迎《むか》えに行ってくるから、適当にやってて」

だだだだ、と勢いよく階段を駆《か》けおりていった。

「凪君って青山君の弟君だよね。四歳《さい》だっけ」

「そっ。もうすぐ五歳とか言ってた。ありすはもう五歳になった？　何月生まれ？」

ありすはこくんとうなずいて「六がつ」と言った。

「じゃあ弟君とありすちゃんは同級生だね。あ、だから青山君、小さい子の扱《あつか》いが上手なんだ」

「七海さんだってうまいよ」

そうかな、と少し照れたように言って、七海はありすをそっと見た。

湊が凪を連れて帰ってくるのと入《い》れ違《ちが》いに、七海は家に帰った。ありすはどことなく不安そうな顔をしたけれど、凪に「あそぼ」と誘《さそ》われて、レゴを始めた。

おれたちといるときは、いまも反応がにぶいけれど、凪とレゴをしている姿を見ると、どこにでもいる普通《ふつう》のガキ……幼児に見える。

「んじゃあ、おれとありすはきょうだいって設定なんだな」

「そっ。律希んちの両親は今日明日、親戚《しんせき》の葬式《そうしき》に行ってるって設定な。場所はどこがいいかな、岩手あたりにしとくか。で、そんなら、うちに泊《と》まりにくれば？　っておれが誘った。明日から夏休みだし。律希は、妹がいるからって渋《しぶ》ったけど、めしあるよっておれがプッシュして、妹と一緒《いっしょ》に泊まりに来た。とまあ、そんなストーリー」

よくこんなでたらめな話を考え付くな、と半ばあきれておれが言うと、「親が親戚の葬式で留守ってのは、マンガの定石《じょうせき》っしょ」と湊は鼻をこすった。

そんな定石があるのか疑わしいけど、なんとなくこの流れを自然に感じるのがすごい。

「ありす、律希のこと〝にいちゃん〟って呼んでみ」

湊に言われて、ありすはレゴを握《にぎ》ったまま固まっている。

「にいちゃんじゃないよ、おにぃだよ」

「それは凪がおれを呼ぶときの言い方だろ。呼び方は違《ちが》ったほうがリアリティーあんじゃん」

「湊、小説家になれんじゃね？」

「えー、やだよ。小説家って借金あって、精神病《や》んで、心中しがちじゃん」

「どんなイメージなんだよ」

おれが苦笑《くしょう》する横で凪が「りっくん！」と言った。少し間をおいて、ありすも「りっくん」と言った。

「まー、りっくんもありかもな」

湊が言うと、凪が「りっくん、りっくん」と連呼した。


夕飯は肉じゃがとなすとおくらの煮《に》びたし、なめこと豆腐《とうふ》の味噌汁《みそしる》に白飯《しろめし》だった。テーブルの上にのったそれらの料理は一見地味だけど、どれもめちゃくちゃうまかった。ありすはおかずには手を付けず、米だけをちょぼちょぼ食べていたけれど、凪に「これおいしいよ」とすすめられると、煮物にも箸《はし》を伸《の》ばして、完食した。

「ごちそうさまでした。おいしかったです」

おれが言うと、ばあちゃんは「よかった」と目じりにしわを寄せた。

「律希君は、湊と中学校が同じなのね」

「あ、はい、小中と一緒《いっしょ》です。塾《じゅく》も同じで」

な、と湊に視線を向けると、弟の凪が「ぼくしってる！」と米粒《こめつぶ》を飛ばした。

「わっ、食いながらしゃべんなよ」

と、テーブルに飛んだ米粒をつまむ湊を見て、笑ってしまった。

「なんだよ」

「だって」

にやりとして湊を見る。

「湊も同じこと女子に注意されてたなーと思って」

凪が目を真ん丸にして湊を見ると、「んなことねーし」と湊はあわてて否定して、テーブルの下でおれの足を蹴《け》った。

「年が離《はな》れていても、きょうだいって妙《みょう》なところが似てるのよね。律希君とありすちゃんもあるんじゃない？」

ばあちゃんがおかしそうに言うと、「ぼくしってる！」とまた凪が言った。

どうやら、凪はいま「しってる」がブームみたいだ。

「りっくんとありすちゃん、あたまに二つぐるぐるがあるよ！」

あたまにぐるぐる？

凪の謎《なぞ》の発言に首をひねると、湊がおれの頭を見て笑った。

「あ、ホントだ、二人ともつむじ二個あるわ」

「ぐるぐる」と、不思議そうにありすはおれを見あげた。

「おばあちゃん、あったかいカルピスのんでいい？」

凪が箸《はし》を持ったまま言うと、「ちゃんと食べてからな」と湊が答えた。

「じゃあ、湊、あとよろしく。お先にね」

ばあちゃんはおれとありすに笑《え》みを向けて茶碗《ちゃわん》を重ねた。

「ごちそうさまでした」

背筋を伸《の》ばして言うと、湊がにやついた目でおれを見た。

「そうそう、お風呂《ふろ》早めに入っちゃってね」

「はい」

ばあちゃんは茶碗を手に席を立った。


茶碗を湊が洗い、おれがそれを拭《ふ》いて、凪とありすがおれから受け取った食器を食器棚《だな》の横にあるワゴンの上に並べていく。

「いつも湊がやってんの？」

スポンジで鍋《なべ》をこすりながら湊が「ん？」と言った。

「茶碗《ちゃわん》洗うとか」

「ああ、うん」

「ぼくもおてつだいしてる！」

凪が得意そうにおれを見あげる。

「えらいな」と言うと小さな歯をのぞかせて、おれに渡《わた》された深皿を運んでいく。

いまのは適当に言ったわけでも、おだてたわけでもない。本心でそう思った。

「べつにえらいとかそーゆーんじゃないけどな」

水道のハンドルをひねって水を止めると、湊はワゴンの上に並んでいる食器を手慣れた感じで、棚《たな》や引き出しにしまっていく。

「てか、家のことすんのって普通《ふつう》じゃね？」

普通、なんだろうか。じゃあおれは普通じゃないってことか？

「茶碗洗いは小学校の低学年くらいからやってたと思うし」

「マジで？」

「マジ。難しいことじゃないじゃん」

「それはそうかもしんねーけど。面倒《めんどう》とか思わねーの?」

おれが言うと湊は吹《ふ》き出《だ》した。

「なんだよ」

「だ、だってさ」

笑いながら湊は首をかしげて、息をついた。

「律希って」

おれって?

「……いや、いい。ごめん」

「な、なんだよ、言えよ」

湊はまじまじとおれの顔を見て、それからぱっと凪とありすのほうを向いた。

「ホットカルピスでも入れるか」

やったー! 凪は冷蔵庫に飛んでいくと、踏《ふ》み台《だい》に乗ってカルピスを取り出し、湊に渡《わた》した。

「はい!」

「サンキュ。律希も飲むだろ」

「いい」

「すねんなよ。凪、コップ四つな」

「わかった！」と大きな声で返事をして、棚《たな》から取っ手のついたグラスを取り出した。

「これ飲んだら風呂《ふろ》な」

ホットカルピスなるものを飲んだのは初めてだったけれど、これが結構うまい。チビには熱いのか、ありすと凪は、テレビの前でアニメ番組のＤＶＤを観《み》ながら、ちびりちびりと口をつけている。

「な、風呂どうする？」

食卓《しょくたく》でうちわをぱたぱたさせながらホットカルピスをすすっていると、湊が隣《となり》のいすに座《すわ》って、小声で言った。

「どうって？」

「おれはいつも凪を入れてるけど、ありすはどうしたらいいかと思って。ガキだけど一応、女子だし」

たしかに。べつにこんなチビに欲情するわけないけど、やっぱりきょうだいでもない他人の女の子と風呂ってのは、ふつうにまずい気がする。

「七海ちゃんがいたら女子同士で問題なかったのになぁ。ばあちゃんに頼《たの》む……わけにもいかないか」

「そりゃそうだろ、一応おれとありすはきょうだいって設定なんだから」

おれたちがため息をついていると、凪とありすが空になったグラスを持ってきた。

「おいしかった！」

凪が「ねっ」と言うと、ありすもうなずいた。

「じゃあ凪は風呂《ふろ》の支度《したく》してきな」

湊が言うと、凪はありすをちらと見た。

「ぼくもひとりではいる」

「はっ？　無理無理、シャンプーだって一人でできないだろ」

湊が眉《まゆ》を寄せると、凪は唇《くちびる》を尖《とが》らせた。

「できるもん」

「無理だって」

「むりじゃない！」

凪もなかなかに強情《ごうじょう》だけど、湊も過保護すぎなんじゃないか？　凪が一人で入りたいっていうなら、やらせてみればいいのに。

と、半ばあきれながら二人を見ていて、ふっと気が付いた。

――ぼくもひとりではいる。

ぼくもって。

「湯船ですべって溺《おぼ》れたらどーすんだよ」

「おぼれないっ！　ありすちゃんもひとりではいってるもん」

「え、ありす、一人で風呂《ふろ》入れんの？」

おれが聞くと、ありすはこくんとうなずく。

「でも、おふろきらいなんだって」

凪がありすに、「ねっ」と言うと、ありすは口をすぼめた。

「おれも面倒《めんどう》くせーって思うことあるけどな」

湊が笑うと、凪も「ぼくも！」と飛《と》び跳《は》ねている。

「おまえらと一緒《いっしょ》にされたくないよな」と、ありすの頭に手をのせようとすると、びくっと首を縮めた。

「あ、ごめん、驚《おどろ》かせちゃったな」

伸《の》ばした手を思わず引いた。

いま、ありすはおびえた。

視線をあげると、湊と目が合った。その目を見て、湊もおれと同じことを感じたのだと思った。

「さ、風呂風呂。凪、一人で入りたいなら今度からそれでもいいよ。でも今日はおにぃと一緒な。律希もありすも風呂《ふろ》の順番待ってるから」

凪はおれたちを見て、しぶしぶうなずいた。

二人が風呂に入っている間、おれとありすは二階の部屋にいた。ありすは部屋に入ると、さっき凪とあそんでいたレゴでなにかを作り出した。

「なに作ってんの？」

ありすの手元を見ると、四角い箱のようなものを作っている。

「箱？」

「おうち」

「あ、家か」

さっきまでそんなそぶりはまったくなかったけど、家に帰りたくなったんだろうか。

机の上にある目覚まし時計を見るともう八時を過ぎている。おれんちには夕方電話を入れた。母親は急な話に軽く文句を言いながらも、「ご迷惑《めいわく》にならないようにね」と言った。ありすんちには当然電話などしていない。けど、仮にかけたとしたら、おれはなんて言うんだ？

娘《むすめ》さん、ありすは預かっています。元気にしているので大丈夫《だいじょうぶ》です――。

……って、これじゃあまるで。

ありすの背中を見て息をついた。

いまごろ、あの母親はなにを思っているだろう。心配しているだろうか？　それとも、勝手にいなくなったありすに腹をたてている？　ほっとしてる？　さすがに、いないことに気づいていない、なんてことはないよな。

だとしたら、いまごろ捜《さが》しているだろうか？

ヴウウウ、ヴウウウ
ポケットの中で震《ふる》えているスマホを取り出した。

七海からだ。通話マークに指をあてる。

「どうした？」

『ごめんね、どうしてるかなと思って』

「めし食って、いま、湊と凪が風呂《ふろ》に入ってる」

『そうなんだ。え、じゃあ、ありすちゃんはだれが』

やっぱそういう反応だよな、と苦笑《くしょう》した。

「ありす、いつも一人で入ってるらしいから」

あぁ、とほっとしたような声がスマホ越《ご》しに聞こえて、おれはなんとなく複雑だ。

「ありすに替《か》わるよ」

スマホを耳から離《はな》して「ありす、七海さんから」とスマホのスピーカーボタンをタップした。

『ありすちゃん？』

「ん」

『ごはんおいしかった？』

「おいしかった」

『全部食べた？』

「ぜんぶたべた」

『わー、えらいね。お姉ちゃんちはカルボナーラ。カルボナーラってわかる？　卵とチーズで作るスパゲッティーのことだよ。いつか作ってあげる』

ありすはなにも言わず、でも嬉《うれ》しそうな顔をしている。

おれも七海の作るカルボナーラ、食べてみたいっ。

「おーい、ありすが嬉しそうな顔してるぞー」と、おれは七海に聞こえるように大きな声で言った。

『じゃあ約束ね』

ありすがこくりとうなずく。

「電話は声に出さないとわかんないぞ」

おれが言うと、ありすはスマホに向かって「うん」と言った。

風呂《ふろ》からあがったのか、階下から凪の甲高《かんだか》い笑い声が聞こえてきた。

「ごめん、じゃあこれから風呂だからまた」

『あ、ごめんね。ありすちゃん、お風呂、ちゃんとあったまるんだよ。じゃあね』

通話が切れると、ありすはぼそりと言った。

「おふろきらい」

「なんで?」

ありすはレゴを握《にぎ》ったまま、またガラス玉のような目をした。

「ありす?」

「さむいのきらい」

「寒いって風呂だぞ、プールじゃなくて」

「げほげほするから」

なに言ってんだ、とありすを見てはっとした。

「えっ、なに、水風呂に入らされてたとか⁉　げほげほって、むせるってことだよなっ」

『それって』

凪とありすが眠《ねむ》るのを待って、さっきありすから聞いた話を湊と七海にした。もちろん七海はライン電話でのリモート参加だけど。

「いや、はっきりはわかんないけど」

おれが言うと、「ちゃんと聞いとけよな」と湊は舌打ちした。

「ありすから聞き出すってむずいんだって。だったら湊やってみろよ」

『でも青山君ならできそうだけど』

スマホ越《ご》しに聞こえた七海の声に、湊がにやっとした。

「と、とにかく、ありすにとって風呂《ふろ》はいやな場所だったってことはたしかだから」

おれが言うと、湊はため息をついた。

「おれさ、ちっこいやつが悲しそうな顔してるのってめちゃだめ」

うん、とスマホ越しに七海が相づちをうった。湊は立ちあがって、二段ベッドの下の段に寝《ね》ている凪の肌《はだ》がけをかけ直して、それから二段ベッドの横に敷《し》かれた布団《ふとん》で眠っているありすの寝顔を見ている。

『今日はよかったね』

風呂に入るとき、おれは浴槽《よくそう》の入り方を教えて、ありすが風呂に入っている間、脱衣所《だついじょ》にいた。で、ときどき「髪洗《かみあら》ったかー」とか「ちゃんと泡《あわ》を流してから入るんだぞ」とか声をかけて、溺《おぼ》れたりしていないか確認《かくにん》していた。そのたびにありすは、「あらった」「うん」と返事をした。風呂《ふろ》から出てきたときのありすは、ほかほかの肉まんみたいだった。頬《ほお》がぽっと桃色《ももいろ》になって、凪から借りたスエットに着替《きが》えたありすはやたら幸せそうに見えた。

「だな」と、七海に返して、「布団《ふとん》に入ったらすぐ寝《ね》たし」と付け加えた。

『ほっとしたんじゃないかな』

見ず知らずの他人の家なのに……。それってつまり、ありすにとって自分の家は落ち着ける場所ではなかった、ということだ。

だからいまここに、こうしているわけだけど。

『そろそろ切るね。明日、駅で待ち合わせでいいよね。何時にする?』

「ちょっと待って、湊、七海さん明日何時にするかって」

おれが湊に声をかけると、そうだな、とこっちに戻《もど》って来《き》た。

「保育園には七時半に送っていくから、八時でいいよ」

「じゃあ、明日八時に駅で」

わかった、オッケーと二人が答えて、通話を切った。

おれと湊もそれぞれに布団に入った。

時折流れてくる扇風機《せんぷうき》の風がやわらかい。みかん色の常夜灯が、天井《てんじょう》から下がっているシェードの中で小さく灯《とも》っている。目を閉じると外から聞こえる虫の音が心地《ここち》よくもあり、どこか心細くも感じる。

だれかと同じ部屋で寝《ね》るなんて、中学の修学旅行、いや部活の合宿が最後だったっけな。とかく中学以来だ。

そのせいか、あるいは明日のことで気持ちが高ぶっているせいか、目をつぶっても少しも眠《ねむ》くならない。

「起きてる?」

二段ベッドの上の段から湊の声がした。

「寝てる」と答えると、くくっと笑い声が漏《も》れ聞《き》こえた。

「見つかるかな」

「見つけるんだろ」とおれが返すと、湊は息をついた。

「律希は、あの住所にありすのとーちゃんいると思う?」

「………」

「おれさっき、律希とありすが風呂《ふろ》に行ってるとき、伝票に書いてあった番号に電話してみたんだ」

思わずからだを起こすと、湊は二段ベッドの上段で仰向《あおむ》けになったまま、天井《てんじょう》に向かって話していた。

「年取ってる感じの男の声が出て、おれ、西村さんですかって聞いたんだけど違《ちが》うって」

「ありすもそう言ってたじゃん」

「そうだけど。もしも間違ったんじゃなくて、でたらめの番号を書いてたとしたら住所だって」

「だったらなんだよっ」

語気の荒《あら》くなったおれに、湊は「しっ」と言ってベッドの上からおれを見おろした。

「わりぃ」

隣《となり》の布団《ふとん》で寝《ね》ているありすと、ベッドの上の凪は気持ちよさそうに寝息をたてている。

「でも、そういうことは思ってても言うなよ」

「やっぱ律希も思ってんじゃん」

それには答えなかった。

「おれたちがいま大人だったら、もっとうまいことやれたのかな」

「どうだろ」

湊は気のない返事をした。

「律希って、大人になりたいと思ったことないだろ」

「はっ？」

「おれは小学生のころから思ってる。早く大人になりたいって。最近はそんなにも思わなくなってきたけど、中学んときとかすげー思ってた」

湊……。

「知らなかった」

「あたりまえじゃん、そんな話しねーし、そーゆー痛いこと考えてるなんて思われたくなかったし」

中学んときの湊はいつもテキトーでチャラけてた。あれは湊なりに虚勢《きょせい》を張ってたのかもしれない。こんなこと湊には口が裂《さ》けても言わないけど。

「大人だったら」と、湊が続けた。

「もっとうまくやれるんじゃなくて、たぶん、こーゆーことに首突《つ》っこまないんじゃね？」

……たしかに、いつかのコインランドリーのおっさんもそうだった。

「おれらがしてることってたぶん」

湊が次のことばを口にしようとした瞬間《しゅんかん》、凪がむくりと起きあがった。

「おしっこ」

「あー、ちょっと待ってな」

湊が上からとん、とおりてきて凪をベッドからおろした。

目をこする凪の背中に手をあてて「よし、ほら」とふすまを開ける。蛍光灯《けいこうとう》の白いあかりが差しこんできて、おれは手《て》の甲《こう》を顔にのせた。

湊って毎日こんな生活を送ってるんだ。大変だなとは思うけれど、それは同情だとか、ましてや憐《あわ》れみなどとはまるで違《ちが》う。どっちかというと、尊敬。そう、尊敬に近い。

まさか湊を尊敬する日が来るとは思ってもみなかったけど……。

湊のことは小学生のころから知っているのに、おれはなにを見てきたんだろう。最近まで、いや、今日までおれは青山湊という人間のことをわかっていなかった。

たぶん湊もそれでいいと思っていた。そんな気がするけど。

おれは、大人になりたいと思ったことはない。いまの自分の生活に満足しているわけでもないし、不満なんてのは腐《くさ》るほどある。それでも、早く大人になりたいなんて、思ったこともなかった。

大人になれば自分の行きたい場所に行って、暮らしたいところで暮らすことができる。一緒《いっしょ》にいたい人といることができる。強くなれる……。

湊には、守りたいものがある。それを守るためには、きっと大人になる必要があったんだ。

ありすは、思ったことがあるだろうか。早く大きくなりたいと。

ありすに背を向けた。明日、父親に会えるだろうか。会ったら父親はありすを受け止めてくれるだろうか。

階段を上ってくる二人の足音にぎゅっと目をつぶった。

第五章

翌朝、ありすと凪《なぎ》に起こされて目が覚めた。

「りっくん、ねぼすけ！」

朝っぱらから凪のテンションは高い。

「昨日寝《ね》つけなかったんだよ。てか、りっくんってハズいからあんま呼ぶなよ」

起きあがりながら言うと、凪はアホのように「りっくん、りっくん」と連呼した。ありすはそれを楽しそうに見ている。

同じ年でも、凪とありすのガキ度はまるで違《ちが》う。ふっと顔をあげると、ベッドの上の布団《ふとん》を直している湊《みなと》がにやっとした。

「すぐめしだから。布団はたたんでそこの押入《おしい》れの上の段に入れといて」

湊は凪とありすをうながして、部屋を出ていった。

おれは湊に借りたTシャツとハーフパンツを脱《ぬ》いで、昨日着ていたジーンズとシャツに着替《きが》えた。布団をたたんで押入れを開けると中はスカスカで、布団を二組入れてもまだゆとりがある。うちの押入れとはえらい違いだ。なにげなく下の段をのぞいてみると段ボール箱が二つ置いてあって、その上にミニカーとごっつい懐中電灯《かいちゅう》が置いてあった。

凪が秘密基地にでもしているのだろう。おれも子どものころ、ばあちゃんちで同じようなことをした覚えがある。中に顔を突《つ》っこむと、押入《おしい》れの壁《かべ》に写真が貼《は》ってあった。それを懐中電灯で照らしてどきっとした。女の人の写真だ。

これって、湊たちの……。

「なにやってんだよ」

ふいに声をかけられて、頭を打った。

「いてっ」

押入れからからだを出すと、目の前に湊が立っていた。

「めし。みんな待ってっけど」

「わりぃ」

へへっと笑うおれを湊は冷めた目で見おろして、懐中電灯を取りあげた。

「余計なこと言うなよ」

ふすまを閉めると、湊は部屋を出ていった。そのあとについておれも階段をおりていくと、トーストの香《こう》ばしいにおいがした。

「おはようございます」

湊のばあちゃんは、「おはよう」と笑《え》みを向けた。黒いパンツにゆったりとした白い麻《あさ》のシャツ姿が妙《みょう》に似合っていてかっこいい。

「昨日暑くなかった？」

「あ、はい、大丈夫《だいじょうぶ》でした」

よかった、とばあちゃんはマグカップを手に食卓《しょくたく》に着いた。

「律希《りつき》もコーヒー飲むなら、そこにできてるから」

湊はあごで調理台の上にのったコーヒーメーカーを指すと、牛乳をグラス二つに入れて、凪とありすの前に置いた。

「いただきまーす！」

声を張りあげる凪の前で、ありすも小声で「いただきます」と言った。

おれも急いで湊の正面の席に座《すわ》った。

テーブルには三角に切ったトーストとハムとトマトとヨーグルト、それにマーガリンといちごのジャムがのっている。

凪がトーストにいちごジャムをたっぷりのせ、かぶりついたとたん、べちょっとTシャツにこぼした。

「わっ、マジか。だからいつも言ってんじゃん、欲張るなって」

湊はそう言いながら、凪のTシャツをふきんで拭《ふ》き、凪はおどけたような顔をして、手についたいちごジャムをなめている。

その様子をありすが驚《おどろ》いた顔をして見ていた。

「ありす？」

おれが声をかけるとびくりとして、なにも塗《ぬ》っていないトーストをかじった。


「じゃあ行ってくるね。今日は半休とって例会に顔を出すからちょっと遅《おそ》くなるよ」

朝食のかたづけをしていると、湊のばあちゃんがごついカバンを肩《かた》に下げて顔をのぞかせた。

「了解《りょうかい》。おれらももうすぐ出かけるから」

湊が言うと、ばあちゃんは閉めかけたドアをもう一度開けた。

「なに？」と湊が問うと、ばあちゃんはめずらしいものでも見るような目を湊に向けた。

「どこか行くの？」

ばあちゃんのことばに、凪が保育園のカバンをさげたまま湊を見た。

「ん？　ああ律希たちとちょっと。今日から夏休みだし。え、なんかだめだった？」

ううん、とばあちゃんはかぶりを振《ふ》った。

「湊があそびに行くなんてめずらしいと思って」

そうなのか？　おれは湊を見た。

「めずらしいかな」

「めずらしいでしょ、でもそうよ、若いんだから外に出かけないと」

「若いとかカンケーあんの」

湊が苦笑《くしょう》すると、ばあちゃんは「決まってるでしょ」とため息をついた。

「外に出るといろんな人に会えるし、いろんなことに遭遇《そうぐう》するでしょ。そういう体験は若いうちにどんどんしたほうがいいの。それが財産にもなるんだから。まあいいわ、楽しんでらっしゃい」

そう言って、ばあちゃんはおれとありすに顔を向け、「またいらっしゃいね」と小さく頭を揺《ゆ》らした。

「例会って？」

「ああ、ばあちゃん写真やっててさ、今日はその撮影会《さつえいかい》」

あのごついカバンはカメラバッグか。でも二階にもめったに来ないってのに、杖《つえ》をついて出かけるだけでも大変なんじゃないだろうか。

「足は大丈夫《だいじょうぶ》なわけ？」

「へーきへーき、あちこち飛び回って撮影するわけじゃないし。カメラ仲間の家に集まってなんかいろいろやってるみたい。仲間もみんなばあちゃんと同じくらいの年の人たちだろうしさ」

「すげー。おれなんて趣味《しゅみ》っていえるようなもんないな」

おれだって、と湊は笑った。

「あ、ばあちゃんには趣味ってのは禁句だから」

なんで？　と言うと、湊は眉《まゆ》をかいた。

「ばあちゃん、ああ見えて貪欲《どんよく》でさ。いずれ写真集を出して、プロになるって」

「マジかっ！」

「だろ。でもばあちゃんが好きにやってくれてるって、おれも助かるっていうか、気が楽っていうか。てか、ばあちゃんのことはいいよ」

そう言って、「茶碗《ちゃわん》洗い完了《かんりょう》」と水道のハンドルを締《し》めた湊のシャツを凪が引っ張った。

「ん？」

「ぼくもおでかけいく」

「はっ？」

「ぼくもいく！」

「凪は、保育園あるだろ」

「いく！　いくいく！」と、凪は斜《なな》めにかけていた保育園バッグを放り投げた。

「無理。おにぃたちは、あそびに行くわけじゃないんだからな」

湊が言うと、凪は唇《くちびる》を突《つ》き出《だ》した。

「だめなものはだめっ」

「いくの――――」

家中に響《ひび》き渡《わた》るような凪の声に思わず「連れてけばいいんじゃね？」とおれが言うと、凪はぱっとこっちを見て、「りっくん！」と抱《だ》き着《つ》いてきた。元気のいい子犬みたいだな、と顔をあげると湊が顔をしかめて（ばか）とおれをにらんだ。

「まあいいじゃん」

「あいつ眠《ねむ》たくなるとすぐ駄々《だだ》こねるぞ。幼児二人を連れていくって結構だからな」

「でもほら、凪が帰ってからのほうが、ありすはリラックスしてたっぽくね？」

まあ、それは、と湊もうなずいた。


予定どおり八時に駅に着いた。七海《ななみ》はまだか、と周囲を見渡《みわた》すと、改札口の端《はし》にあるＡＴＭの前にいた。

「七海ちゃーん」

湊が右手をあげると、七海も手を振《ふ》った。

「おはよー」

七海は財布《さいふ》をカバンに入れてこっちに来た。

「お待たせ。ありすちゃん、凪君、おはよう」

膝《ひざ》を曲げてチビ二人に視線を合わせると、凪は「おはよーございまーす！」と声を張りあげ、ありすは「おはよ」とぼそりと言った。

「あれ、凪君、保育園は？」

「休んだ。おれは二人も連れていくなんて無理って言ったんだけどさ、律希のやつが」

おれが肩《かた》をすくめると、七海はくすりと笑った。

「わたしたちとありすちゃんの四人より、凪君との五人のほうが不自然にも見えないかもよ」

「だろっ」

「まあ、たしかに」

湊の声がちょっと晴れた。


熱海《あたみ》までは新幹線を使えば二時間弱。けどおれたちはその半額で行けるルートで行くことにした。乗車賃が安い分、一時間ほど余計に時間はかかるがこれはしかたがない。

新宿《しんじゅく》まで出て、小田急小田原線《おだきゅうおだわらせん》に乗《の》り換《か》えた。

夏休みに入ったせいか平日でも車内は若いやつや家族連れが多い。ありすと凪を席に座《すわ》らせることができたのはラッキーだった。おれたちは二人の前に並ぶように立って吊《つ》り革《かわ》を握《にぎ》った。

「ここから二時間ちょっとか」

アプリを開いて確認《かくにん》すると、隣《となり》で七海が「遠いような、近いようなだね」と口角をあげた。

「近いか？　うちから三時間って結構遠くね？」

「そうだけど、三時間で熱海だよ。海だよ。それってすごくない？」

「海!?」

靴《くつ》を脱《ぬ》いで窓のほうを見ていた凪が目を輝《かがや》かせて、こっちを向いた。

「そっ。熱海には海も山もある」

「カニいるかなっ」

凪には山はどうでもいいようだ。

「カニかぁ。いんじゃね？　なっ」

たぶんな、と湊に返すと凪がやったーと足をばたつかせて、また座席に膝《ひざ》をついて外を見ている。

電車に乗って遠出するのが嬉《うれ》しいのか、凪のテンションはあがりっぱなしだ。

「そういえば凪って海見たことないかも」

湊がぽつりと言った。

「ありすは、海行ったことある？」

おれが聞くと、こくりとうなずいた。

「だれと行ったの？」

意図的なのか、そうでないのか、七海は一歩踏《ふ》みこんだ質問をした。

「パパとママ」

そうなんだ、とうなずいて「楽しかった？」と続けた。

「おっきいおやま、パパとつくった。やきそばとレモンのかきごおりもたべた」

「いーなー」

凪が会話に割りこんできた。

「凪だって、プールでアメリカンドッグ食ったことあるだろ」

湊が言うと、「うみのかきごーりがいい」と唇《くちびる》を突《つ》き出《だ》した。

「じゃあ、あとで食べる？」

七海が笑うと「たべる！」と凪の機嫌《きげん》が直った。

ガキって単純だ。

おれは腰《こし》を曲げて、ありすに声をかけた。

「パパのこと好きなんだ」

「すき」

「ママより？」

「周東《すとう》君っ！」

と、七海が肘《ひじ》でおれの脇腹《わきばら》を小突《こづ》いて、眉《まゆ》を寄せた。

「あ、クレーン車だ！」

凪が車窓に額をひっつけた。

「……だもん」

ありすがなにか言った。

「えっ？」

七海が顔を近づけると、つま先に視線を落としたまま、ありすはもう一度言った。

「ママ、ありすのこときらいだもん」

おれと七海の視線がぶつかった。

「そんなこと」

というおれの声に七海の声がかぶった。

「どうしてそう思うの？」

今度はおれのほうがぎょっとした。

ありすはわずかに首をかしげるようなしぐさをした。

電車が止まって、ジャージ姿の高校生がどやどやと乗ってきた。バスケ部か。背中に学校名とB．B．Cの文字が入っている。

遠征《えんせい》の練習試合ってとこだろうか。ドア付近で円になるようにして会話をし、声をあげて笑っている。

おれたちって、どんなふうに見えてるんだろう。年の離《はな》れた妹や弟を連れてどこかへあそびに行く呑気《のんき》な高校生……ってとこだろうか。少なくとも、母をたずねて三千里、みたいなことをしているとは思わないだろう。

いや、やつらにはおれたちのことなんて視界に入ってないか。

「いらないって」

えっ？

ありすに視線を戻《もど》す。

「いらないって……なにが？」

「ありす。ママがいった。ありすいらないって」

七海は絶句した。

「それは、ママの機嫌《きげん》が悪かったとか」

おれがフォローすると七海が声を荒《あら》らげた。

「機嫌とか、そんなこと関係ないよ！」

その声にジャージ集団数名が顔を向け、おれは小さく会釈《えしゃく》をして背中を向けた。

七海はスカートをぎゅっと握《にぎ》った。

「ママ、おこられるの。いっぱいいっぱい、おじいちゃんにいっぱいおこられるの」

「ママが？　おじいちゃんに？」

おれが言うと、ありすはうなずいた。

「ありすわるいこだからって。ママ、おじいちゃんにおこられるの。ごめんなさいってママなくの。だから、ありすいらないって。どっかいってってって。きらいだって」

それって、ありすの母親も父親に……。

おれはありすの前にしゃがんだ。

「それは、ありすのせいじゃない」

「そうだよ、ありすちゃんは悪くない」

困ったように首をひねるありすの目をおれはじっと見た。

「パパんとこに連れてってやるからな、絶対」

「そうだよ、絶対。わたしも約束する」

ありすの隣《となり》で、凪が「のどかわいたー」と湊にうったえている。

「さっき飲んだだろ。おしっこしたくなっちゃうから我慢《がまん》っ」

「ジュースジュース！」

「駅に着いてからな」

湊と凪のやり取りを眺《なが》めながら苦笑《くしょう》した。こいつはホントにわがまま、っていうか、自由だな。

けど、きっとチビの間は凪くらいでいいんだ。我慢なんてしないで、したいことをして、欲《ほ》しいものを欲しいって言って、わがままで、笑って泣いて、癇癪《かんしゃく》起こして、甘《あま》えて。

ありすも、海へ行ったときはこんなふうだったんだろうか。砂浜《すなはま》で山を作りながら笑って、やきそばを口いっぱいに頰張《ほおば》って、かき氷を食べたいとねだって……。

そうだったらいいなと思って、はっとした。

本当に「海」だったんだ。

あの雪の日、ありすと初めて会ったあのとき、ありすは家のそばにあるものを聞かれて「うみ」と答えた。おれたちはてっきり海賊公園《かいぞくこうえん》のことだと思っていたけど、ありすは、母親と暮らしている家ではなく、父親が暮らしている家のそばにあるものを答えた……。

行こうとしていたんだ。一人で、四歳《さい》の子どもが。父親のところまで。

ありすは、ガラス玉みたいに体温を感じない無機質な目を窓の外に向けている。

こんな目をさせちゃだめだ。絶対、絶対に。

車内は混んだりすいたりを数度繰《く》り返《かえ》して一つ手前の開成《かいせい》という駅に止まった。

「次、おりるよ」

おれが言うと、うとうとしている凪に湊が「次、乗《の》り換《か》えだぞ」と声をかけた。凪は大きなあくびをして顔をこすった。

小田原駅で下車すると、次の乗り換えまでは十分ちょっとしかない。寝起《ねお》きでぐずぐず言っている凪を湊が背負い、ありすの手を七海が引いて東海道《とうかいどう》本線のホームへ行くと、まもなく電車が入って来た。

「りょこうのいすだ！」

湊の背中でいままでぐずぐず言っていた凪は、ボックス席を見ると目を輝《かがや》かせた。さっそく窓際《まどぎわ》の席に座《すわ》って、足をぷらぷらさせている。

「ありすちゃんも外見えるほうね」

と、七海は凪の正面にありすを座《すわ》らせ、その隣《となり》に座った。おれ一人、通路をはさんで隣の席に座ると、ありすが心配そうな顔をしてこっちを見た。

「どうした？」

「かわいそう」

「ん？」と首をひねると、ありすはおれを指さした。

「りっくん、ひとりぼっち」

大丈夫《だいじょうぶ》、と苦笑《くしょう》すると、「じゃあおれがそっちに行ってやるか」と、湊は腰《こし》をあげた。

「来なくていいから、マジで」

両手を開いて制すると、「えー、ひどーい」となぜか湊はしなを作った。そんな湊を見て凪が声をたてて笑い、七海とありすもくすくす笑った。

「楽しそうねぇ」

斜《なな》め前に座っている初老の女の人が目じりを下げた。

「すみません、騒《さわ》がしくて」

おれが頭を揺《ゆ》らすと、ちっとも、と目じりのしわを深くした。

「若いっていいわよね、なにをしても楽しくて。弟さんも妹さんも、お幸せね」

へへっと笑って、おれは前髪《まえがみ》に手をあてた。

この人には、おれたちはきょうだいに見えているんだろうか。

隣《となり》のボックス席の四人の顔を見た。湊と凪はともかく、あとはどう見ても似ていない。あ、でも、父親が違《ちが》うとか母親が違うとかいう場合なら、必ずしも似ているとは限らないのか。

てか、笑えるな。いまのおれたちって、そんなに楽しそうで、幸せそうに見えるんだろうか。

おれたちは四歳《さい》だか五歳の子を連れ出して、行きたいというパパのところまで、でたらめかもしれない伝票を頼《たよ》りに向かっている。湊と凪もばあちゃんがいるとはいえ、両親がそろっている家庭とは違う。七海のところだって。

うしろの車両から、若い父親がスーツケースを転がして、そのうしろに、ありすより少し年上くらいだろうか、そろいの紺《こん》のワンピースを着た女の子が二人。そのうしろに、赤《あか》ん坊《ぼう》を抱《だ》いた母親が通り過ぎていった。家族旅行かぁ……と、想像して苦笑《くしょう》した。あの五人が家族かどうかもわからない。目に見えるものは案外いい加減で、思いこみで都合のいいように見えてしまうんだ。

二十分ほどで熱海駅についた。ホームにおりると、ふっと潮のにおいがした。

「着いたー」

湊が両手をあげて大きく伸《の》びをすると、「海のにおいだ」と、七海が目をつぶって顔をあげた。凪も七海の真似《まね》をして鼻をくんくんさせている。

「行くぞ」と、歩き出すと、ありすがぱたぱたと足音をたてながらついてきた。

改札を抜《ぬ》けると日差しが強い。目の前に広いロータリーがあり、その向こうにはビルが立ち並んでいる。

「なんかイメージ違《ちが》うんだけどぉ」

湊が駅ビルを見あげて不満そうに言った。

ちょっとわかる。じつはおれも同じことを思っていた。なんというか、きれいで立派なんだけど……おしゃれすぎる。

「何年か前に建《た》て替《か》えられたみたい。あ、ほらこれ、昔の駅舎」

七海がおれたちのほうに向けたスマホには、海色の屋根の駅舎が映っていた。改札前のひさしにはずらりとピンクと白の提灯《ちょうちん》がつるしてある。

これぞ温泉地という風情《ふぜい》がある駅舎だ。

「え、いいじゃん。こっちっしょ。おれ、熱海のイメージって、ぜってーこっち。って、凪！ちょろちょろすんなっ」

湊は、ロータリーのほうへ駆《か》け出《だ》した凪を追いかけていった。

「それより」と、七海はアルバムのフォルダーを開いた。ありすが持っていた伝票の写真が出てきた。

「この住所検索《けんさく》したんだけど、駅からそんなに遠くないみたい。たぶんあっちにある商店街を抜《ぬ》けていけば」

ん？　と七海が視線を下げると、ありすがおびえるような顔をして七海のスカートを握《にぎ》っていた。

「どうした？」

ありすの視線の先に目をやると、警察官が二人、こっちを見ていた。

「周東君」

七海はゆっくりおれのほうにからだを向けながら視線を動かした。

ありすの行方《ゆくえ》不明者届が出ていたら……、まさか、ここは県外だ。昨日の今日で全国の警察がありすの捜索《そうさく》をするとは思えない。いや、でも。

「わりー、ありす、ごめんな！」

湊がでかい声をあげながら手を振《ふ》り、凪を抱《かか》えて歩いてくる。

おいっ！

警察官がこっちに向かって歩いてくる。

やばい。

心臓が大きく跳《は》ねる。

どうする。どうする。どうする。

ありすは七海にしがみついている。

「逃《に》げよ」

ありすの背中に手をあてた七海の腕《うで》をおれは握《にぎ》った。

おかしな行動はしないほうがいい。逃げようとすればかえってあやしまれる。

「なんだ、もう腹減った？」

警察官に背中を向けるようにありすを立たせ、おれはありすの前にしゃがんだ。

「だから朝飯ちゃんと食っとけって言っただろ。にいちゃんの言うこと聞かないから」

と、警察官たちがありすのうしろを通り過ぎて、案内板の前でしゃがみこんでいる男に声をかけた。

おれと七海は、顔を見合わせて息をついた。

「どったの？」

呑気《のんき》そうな湊の声が頭上から聞こえた。本当なら怒《おこ》ってもよさそうなものだけど、なぜかおれも七海もばかみたいに笑って、笑いながら、いま自分たちがしていることがどういうことなのかを自覚した。

ありすを連れ出したことは後悔《こうかい》はしていない。間違《まちが》っているとも思わない。でも正しいことじゃない。それくらいの常識はおれだって持ち合わせている。おれたちのしていることは、たぶん社会では認められない。時間がかかることでリスクが高くなるのは、ありすだけじゃない。おれたちもだ。

「行こう」

ありすに言って立ちあがった。

七海が調べたとおり、駅前にある商店街を抜《ぬ》けて、二車線の道路を道なりに歩いていく。旅館やホテルが立ち並び、商店街ほどではないけれど、観光客らしき人が行きかっている。そのままレンガ調の歩道を少しくだって行くと、ビルの向こうに山が見えた。道なりにさらに坂道をくだっていく。潮風のせいか肌《はだ》がべたつく。ありすの頬《ほお》も赤い。「水飲みな」とペットボトルのふたを開けて手渡《てわた》した。

広めの交差点を越《こ》えて少し行くと、「ここかな」と七海はスマホを見ながら脇道《わきみち》に入った。そこから数分歩くと、観光地から住宅街の顔になった。

「いらふ町三丁目。このへんだと思うけど」

七海が地図アプリを終了《しゅうりょう》して、建物についている住居表示のプレートを見ている。

「あっ」

目の前のアパートに、伝票と同じ数字が並んでる。

「見つけた」

おれが言うと、ありすは七海のスカートから手を離《はな》して駆《か》けてきた。

アパートの前にある郵便受けで名前を確認《かくにん》しようとしたけれど、肝心《かんじん》の一〇二号室にはなにも書かれてなかった。とはいえ、住んでいないことはなさそうだ。隣《となり》の一〇一号室の郵便受けからはチラシがはみ出しているけれど、一〇二号室はきれいだったから。

「最近名前を書かない人、多いよね。うちのマンションも表札出していない家って結構あるし」

七海はそう言いながら、ありすに大丈夫《だいじょうぶ》だよ、とでもいうように微笑《ほほえ》んだ。

「とにかく行ってみよう」

おれは部屋の前まで行ってチャイム、というより呼《よ》び鈴《りん》と言ったほうがしっくりくるようなレトロなチャイムに指をあてた。

…………。

「音、鳴ってる?」

「壊《こわ》れてんじゃね?」と、湊がドアをノックした。

「西村《にしむら》さーん」

どんどんどん

「西村さんいませんかー」

「いませんかー」

凪も一緒《いっしょ》になって声をあげている。なんだか新手の取り立て屋みたいだ。

どんどんどん
「仕事に行ってるのかも」

七海に言われてぎょっとした。そのことを完全に失念していた。学生じゃないんだから、平日は仕事だよな……。

と、そのとき。

「なにか用ですか?」

背中からの男の声に振《ふ》り返《かえ》ると、白いシャツにデニムというシンプルないでたちの細身の男が立っていた。

「パパ……」

パパ! とありすが駆《か》け出《だ》し、その男に抱《だ》き着《つ》いた。こんなありすを見たのは初めてだ。感情そのままに、声を張りあげ、全身でしがみついている。

男は動揺《どうよう》しているのか、口を半開きにし、目を見開いて固まっている。

「あの、西村尊《たける》さんですよね。ありすが、パパのところに行きたいって言うから、連れてきました」

西村さんは、おれを見て口を動かしたけれど、ことばにはせず、戸惑《とまど》うようにありすの頭に手をあてた。

「おれ、周東っていいます」

七海です。青山《あおやま》です。と二人も名乗った。

「突然《とつぜん》押《お》しかけるようなことになって、すみません。ありすちゃんが持っていた宅配伝票を見て電話をしたんですけど、間違《まちが》っていたみたいで」

七海が言うと西村さんの目が一瞬《いっしゅん》泳いで、「あぁ」と小さく頭を揺《ゆ》らした。

やっぱりあの電話番号は意図的に間違えたんだ。

「あの、ありすのことなんですけど」

おれが切り出すと、西村さんはありすの前にしゃがんだ。

「海、近くにあるんだよ。見に行こうか」

ありすは嬉《うれ》しそうにうなずき、湊にホールドされている凪も「ぼくも!」と声をあげた。

「いいですか、外で。部屋狭《せま》いんで」

「おれらはどこでも大丈夫《だいじょうぶ》です」

じゃあ、と西村さんはありすと手をつないで歩き出した。ありすはときどき西村さんを見あげ、西村さんもやさしげな目を向けている。

ふと、ありすと母親が歩いていたときの光景を思い出した。家を突《つ》き止《と》めようと、コンビニの前からつけていったときだ。あのとき一人先を歩き、振《ふ》り返《かえ》ることもしない母親のあとを、ありすは小走りでついていっていた。

西村さんがありすを見る目はやさしい。やさしくて、どこか悲しげで、でもありすを大切に想《おも》っていることは伝わってくる。

だからありすは父親のところに行きたがったんだ。こんなに嬉《うれ》しそうな、こんなに安心した顔をして……。

大丈夫《だいじょうぶ》だ。西村さんはきっとありすを引き取ってくれる。一緒《いっしょ》に暮らそうと言ってくれる。だって、離《はな》れていてもありすは娘《むすめ》なんだから。夫婦《ふうふ》は離婚《りこん》すれば他人だけど、子どもはいつまでも子どもで、親は親なんだから。

「おふねだ！」

凪の声に視線をあげると、正面に海が見えた。何十ものクルーザーが停泊《ていはく》している。海岸沿いには遊歩道のような道が伸《の》びていて、歩道から階段でおりることができる。

凪に手を引かれて、湊たちは遊歩道に駆《か》けおりた。頭上をでかい鳥が数羽《すうわ》旋回《せんかい》している。

「ありすちゃんも、お友だちと行っておいで」

西村さんが言ったけれど、ありすは首を振って、握《にぎ》った手をはなそうとしない。

「向こうに砂浜があるよ。ねっ」

ありすは少し考えてからこくんとうなずき、一度西村さんを見あげてから凪のほうへ駆《か》け出《だ》した。

「あの子がいたら話しにくいと思って」

西村さんは小さく笑って、階段に座《すわ》った。

「それで、これはどういうことですか」

「おれら、ほうっておけなくて。ありすにどうしたいって聞いたら、パパのところ行きたいって。あいつ、西村さんから送られてきた誕生日プレゼントの宅配伝票、靴《くつ》敷《し》きの下に隠《かく》し持《も》ってたんです。それで」

「周東君」

落ち着いてと言うように、七海はおれの目を見た。

「わたしたち、去年、夜に一人でいたありすちゃんを交番に連れていったんです。あのときは迷子だと思ったから。でも、あとになっていくつもいくつも気になることが出てきて。それで、ありすちゃんを捜《さが》して」

「捜した？」

「それは、話が長くなるので省きます」

七海がきっぱりと言うと、西村さんはそれ以上言わなかった。

「お母さんとはいないほうがいいと思うんです。ありすちゃん、たぶん……きっと虐待《ぎゃくたい》されています」

七海のことばに、西村さんは驚《おどろ》いたように目を見開いた。

「おれらが迷子だと思ってたときも、迷子なんかじゃなかったんだと思います。本当は」

おれはつばを飲みこんで、西村さんを正面から見た。

「ありすは、西村さんが海のそばに住んでいるって知ってますよね」

えっ？　と西村さんは目を泳がせて、どうだろうと首をかしげた。

「子どものころに海のそばに住んでいたって話はしたことがあります。ぼくが、母の日に海で拾った貝をつないでネックレスを作ってプレゼントしたって話をしたら、『ありすもつくる』って。それで、貝は海に行かないと拾えないから、ビーズで作ってあげたらどうかって話したんです。……たしかにありすちゃんたちのアパートを出るとき、ぼくは家に帰ると言いました。でも、そんなこと覚えているはずは」

「覚えてたんです」

おれが言うと、西村さんは目を伏《ふ》せた。

「覚えてて、それで一人でパパのところへ行こうとしていたんだと思います。結局、駅までも一人では行けなくて、疲《つか》れてしゃがみこんでいたところを七海さんが声をかけて。……おれの想像ですけど」

「そうか、それでありすちゃんは海って言ったんだ」

七海が言うと、「海?」と西村さんが口を動かした。

「はい。わたし、迷子だと思って、家のそばになにがあるかって聞いたんです。そうしたらありすちゃんは『うみ』って」

西村さんはしばらくなにも言わなかった。パパァーと呼ぶありすの声が波間に聞こえると、西村さんはぴくりと頭を動かして右手を小さく振《ふ》った。

「ありすちゃんは、ぼくを父親だと言ったんですか」

えっ?

「ぼくは、父親じゃありません」

波と風の音、潮のにおい。思考が停止する。

「ぼくはあの子の父親じゃありません」

もう一度、西村さんは繰《く》り返《かえ》した。

「うそ……」と、七海がおれのシャツを握《にぎ》った。

「あ、あの、すみません、意味が。それって」

「二年近く、一緒《いっしょ》に暮らしていたんです。ありすちゃんと、ありすちゃんの母親の優香《ゆうか》とぼくと三人で」

西村さんはありすのほうに目をやった。

「ぼくが優香と出会ったのは四年前です。ありすちゃんが一歳《さい》になったばかりのころでした」

四年前、西村さんは新宿にあるカフェでバイトをしながら司法試験の勉強をしていたという。その店に週一回、毎回同じ時間に、一人でコーヒーを飲みに来ていたのが、ありすの母親である優香だった。

「かわいい人だったんです。でもどこかさみしげで、ほうっておけない雰囲気《ふんいき》の人で」

西村さんはわずかに口角をあげた。

「ぼくはマスターの目を盗《ぬす》んで、こっそりおかわりのサービスしたりして。そのうち彼女《かのじょ》はカウンター席に座《すわ》ることが増えて、話をするようになって。デートに誘《さそ》ったのはぼくからです。映画のチケットをもらったから観《み》に行きませんかって。もらったなんていうのは口実でしたけれどね」

そう苦笑《くしょう》すると、右手をあげた。見ると、向こうでありすが手を振《ふ》っていた。

「初めて二人で出かけたとき、その帰りに告白しました。付き合ってくださいって。そうしたら、子どもがいるって。驚《おどろ》きましたが、結婚《けっこん》はしていないと聞いて、それなら問題ないと思いました。ありすちゃんは、優香がホステスをしていたころに付き合っていた男との間にできた子どもなんだそうです。男は妊娠《にんしん》を告げると姿を消してしまったらしくて……。よくある話ではありますが」

西村さんは息をついた。

「彼女《かのじょ》、苦労したと思います。出産までは、店のママやホステス仲間にずいぶん助けられたって言っていました」

「優香さんご自身のお母さんは」

七海がかすれるような声で聞くと、西村さんはかぶりを振《ふ》った。

「優香の母親は、幼いころに出ていってしまったそうです」

出産後、病院のカウンセラーのすすめもあって、生まれたばかりのありすは一時的に乳児院に預けられた。優香はサポートを受けながら生活をたて直し、印刷会社に就職して小さな部屋を借りた。そうして一年後、ありすを引き取ることができたのだという。

「ぼくらが出会ったのもそのころでした。休みの日は毎週のように赤《あか》ん坊《ぼう》のありすちゃんも一緒《いっしょ》に、三人で過ごしました。といってもドライブへ行くわけでもテーマパークへ行くわけでもなく、ただ近所の公園を散歩したり、スーパーで買い物をしたり。その程度のことだったんですけどね」

西村さんはやわらかな笑《え》みを浮《う》かべた。

「しばらくして一緒《いっしょ》に暮らすようになりました。二度目の司法試験に落ちたとき、優香は励《はげ》ましてくれて、少しでも勉強できるようにと、バイトを減らすよう言ってくれたんです。ところがその矢先、優香が勤めていた会社の経営が傾《かたむ》いて、リストラが始まったんです。優香は真っ先に首を切られた社員の一人でした」

再就職先を探したけれど、うまくいかず、結局、以前働いていたホステス仲間の紹介《しょうかい》でスナックで働き始めたのだと西村さんは言った。

「それまでと生活が変わりました。朝方近くに帰ってきて、優香は酒のにおいをさせながら布団《ふとん》にもぐりこむんです。ぼくは優香を起こさないようにして、ありすちゃんに朝飯を食べさせて、保育園へ送り、家に戻《もど》ると洗濯《せんたく》やかたづけをして、それから勉強をしました。狭《せま》いアパートでしたから、背中から寝息《ねいき》が聞こえるんですよね。そうすると、無性《むしょう》に腹がたって。頭ではわかっていたんです、彼女《かのじょ》が働いてぼくを支えてくれているんだって。でも心はついていかなかったんです」

二人の間には次第《しだい》に会話がなくなり、ことばを交《か》わすときはののしり合いになった。三度目の司法試験に失敗したとき、それが最後の一押《ひとお》しになって、西村さんはアパートを出たのだと言った。

「それからのことは、なにも知らないんです。一度、四歳《さい》の誕生日にプレゼントを贈《おく》っただけです。約束していたビーズのおもちゃなんですけど。貝の代わりの。誕生日に買ってあげるって約束をしていたんです」

「貝の代わりって、それって母の日にプレゼントしたいっていう」

はい、と西村さんはおれにうなずいた。


——ありすいらないって。どっかいってってって。きらいだって。


やめてくれよ。マジでさ……。

「優香が虐待《ぎゃくたい》なんて信じられません」

「はっ⁉」

思わず声が出た。

「つーか、ならなんでありすは、あんたのところに行きたいなんて思ったんだよ。そりゃあ、あいつはあんたのことを父親だって思ってるわけだけど、それでも、なにもなくて母親から離《はな》れたいなんて思うか⁉　母の日にプレゼントしたいって思ってた子どもがっ。ふざけんな、マジでやめてくれよ」

すみません、と西村さんは視線を泳がせながら頭をさげて、「あの」と上目遣《うわめづか》いで言った。

「もしかして優香は、ありすちゃんの母親は、実家に戻《もど》ったんですか？」

「そうみたいです。おじいちゃんと暮らしていることは、わたしたちもさっき、ありすちゃんから聞いたんですけど」

「そうですか……」

「あまりいい関係には聞こえなかったんですけど」

そうでしょうね、と西村さんは深く息をついて両手で顔をこすった。

「母親が出ていったあと、ずっと父親と二人で暮らしていたそうなんです。けど、その父親というのはいわゆるＤＶ……あ、子どもに対してですから虐待《ぎゃくたい》って言ったほうが正しいかもしれませんけれど。優香は父親のことを恐《おそ》れていました。中学を卒業すると家出同然に家を出たと言っていました」

西村さんは深いため息をついて、膝《ひざ》を握《にぎ》った。

「かわいそうな人なんです、彼女《かのじょ》。父親のことを一番恐れていたんです。なのになんで父親のところへ戻ったんでしょう」

「知らねえよ」

思わず口に出ると、「周東君」と七海がたしなめるように言って、西村さんに頭を下げた。

いえ、と西村さんはかぶりを振《ふ》った。

優香という、ありすの母親の事情はわかった。同情するところはもちろんある。苦労もしただろうし、かわいそうだとも思う。それでも、いや、それならなんで同じことを娘《むすめ》にするんだ。別れたあと、なぜありすに西村さんは父親じゃないと告げなかったんだ。

「お母さん……優香さんのことは、わたしたちにはわかりません」

消えるような声で七海は答えると、西村さんより一段下の階段に座《すわ》った。スカートの裾《すそ》が風に揺《ゆ》れている。

「そうですよね……。すみません」

ピーヒョロロロの鳴き声に顔をあげると、上空をでかい鳥が旋回《せんかい》している。

「鷹《たか》?」とだれにいうわけでもなくつぶやくと、「とんびです」と西村さんが答えた。

とんびか、って聞いたわけじゃないけどな。

ちらと見ると、西村さんは空を見あげていた。

「西村さんは、ありすとは暮らせないって、そういうことですよね!!」

おれがそう言ったとき、かこんかこん、とペットボトルが転がり落ちてきた。

「あ、カニさん！」

凪があわてたように、階段をおりてきた。その向こうに、ありすと湊が立っている。ありすは口を半開きにして目を見開き、湊は戸惑《とまど》ったような顔をしておれを見ている。

なんで、ここにいるんだ。

「ありすちゃん……」

七海の声に、ありすはぴくりと顔を動かした。

「みてみて！」

おれのシャツを力任せに凪が引っ張る。反応できないでいると、今度は七海に「みて！」とペットボトルを掲《かか》げた。

「カニさん、いたんだね」

「うん！　おにぃがつかまえてくれた！　おばちゃんが、これにいれたらってくれたの！」

よかったねと七海が小さく笑うと、今度は西村さんに「みて」とペットボトルを向けた。

「どういうことだよっ」

低く怒声《どせい》をあげて湊はありすの手をつかんで階段をおりてきた。その声に凪は驚《おどろ》いたように、カニの入ったペットボトルを両手で握《にぎ》りしめた。

「どういうことだよ、暮らせないって」

湊は西村さんの胸《むな》ぐらをつかんだ。

「湊！」

「おかしいだろっ、それでもあんた父親って言えんのかよ！　ありすの顔見ただろ、あんたのこと信用して」

「湊やめろっ」

はぁ⁉　と湊がおれをにらんだ。

「違《ちが》うんだ」

「違うってなにが」

だから……。

唇《くちびる》を噛《か》んだ。なにを言えばいいんだ。なんて言ったらいいんだ。ありすの顔を直視できない。

「ありすいらない？　パパもありすきらいなの？」

ありすのことばに、「そうじゃないっ！　そうじゃないよ」と西村さんは駆《か》け寄《よ》って、ありすの前に跪《ひざまず》いた。

「そうじゃなくて……ありすちゃんが、ぼくのところへ来ちゃったら、ママは悲しいだろ」

西村さんは弱々しい笑《え》みを浮《う》かべると、ありすは強くかぶりを振《ふ》った。

「ありす、いいこにできるよ」

うん、と西村さんはうなずく。

「ありす、おてつだいもじょうずだよ」

そうだね、と言いながら声を震《ふる》わせる。

「ありす、おるすばんできるよ。おかたづけじょうずだねって、まおせんせいがいったんだよ」

わかった。うん、わかった。目を赤くしてありすの肩《かた》を両手でつかんで頭《こうべ》を垂れた。西村さんはありすを抱《だ》きしめることはしなかった。

ああ、そうなんだ。やっぱりだめなんだ。

二人は、血のつながりもなく、戸籍《こせき》も違《ちが》う。ありすと西村さんは他人なんだ。ありすがいくら望もうと、二年間親子のように暮らしていたとしても、西村さんがありすを愛《いと》しいと思っていたとしても、二人は親子にはなれない。親子でない二人が暮らすことはできないんだ。

わかっていたつもりでいたけれど、甘《あま》かった。話をすれば、状況《じょうきょう》をわかってもらえれば、西村さんがなんとかしてくれるのではないかとまだどこかで期待していた。

でもそうじゃない。それはできないことを西村さんは知っているんだ。

「パパっ」

「ごめんね。ぼくは……ぼくは、パパにはなれない」

西村さんはありすの肩から手を離《はな》して立ちあがり、「すみません」と顔を伏《ふ》せたまま階段を駆《か》けあがっていった。その背中をありすが見つめている。

「どういうことだよ、これ」

湊が憮然《ぶぜん》とした表情でおれと七海を見た。

「青山君、ちょっといい？」と、七海は湊の手首を握《にぎ》って、遊歩道をクルーザーのあるほうへ歩いた。


しばらく立《た》ち尽《つ》くしていたありすは、すとん、と抜《ぬ》け落《お》ちるように階段に座《すわ》った。

あのときと同じだ。雪の日、交番に母親が迎《むか》えに来たときと同じ目をしている。

絶望……いや、そんな強さはない。あきらめ、そういう顔だ。

汗《あせ》があごを伝って地面に落ちる。

いま、おれはなにをしてやれるんだ。どんなことばをかければいいんだ。なにをどうすることが正解なんだ。

いや、そんなものあるのか？

おれが動けずにいると、ありすの隣《となり》にペットボトルを抱《かか》えた凪が座った。一度ありすの横顔を見ただけで凪はなにも言わず、ときどきペットボトルの中のカニをのぞいている。

……すげえな、凪。

おれは大きく潮の香りを吸いこんで、ありすの隣《となり》に座《すわ》った。

なにも言えないし、なにもできないけど、隣にいることならできる。いや、それしかできることなんて思いあたらない。

ほどなくして、七海と湊が戻《もど》ってきた。七海はおれにこくりとうなずき、七海から事情を聞かされた湊はあきらかに怒《おこ》った顔をしていた。

「おにぃのかお、こわぃ」

凪が湊を指さすと、はっとしたように両手で顔をこすって「うっせーよ」と凪の髪《かみ》をくしゃっとやった。

そうか、ずっと湊は凪を守っているんだと思っていたけれど、凪の存在に湊は支えられてもいるんだ。そういうきょうだいのあれって、一人っ子のおれにはよくわからないけど。

欄干《らんかん》にとまっていたかもめが、すっ、と飛びたった。それを目で追うと、旅行客らしい中年のおばさん三人が白いカップを手に写真を撮《と》っていた。

「かき氷、食う?」

「はっ? なんだよいきなり」と湊がおれをにらんだ。なにを呑気《のんき》なことを言っているんだ、っていう顔だ。

「たべる!」

凪が声をあげた。

「だよな。じゃあ、買ってくる。湊、付き合えよ」

と、おれは立ちあがって湊の腕《うで》をつかんだ。


イチゴとレモン、メロン、ブルーハワイにサイダー。

「どれがいい？」

すでに溶《と》けかけているかき氷を凪とありすの前に差し出すと、「メロン！」と凪は答えて、抱《かか》えていたペットボトルを足元に置いてカップを手に取った。シャリシャリとやってスプーンを口に入れると、「ちゅめたーい」と嬉《うれ》しそうに足をバタバタさせた。

「ありすちゃんはなにがいい？」

七海が声をかけたけど、ありすは反応しない。

「んじゃあ、ありすはイチゴだな」

と、おれがいちごのカップをありすの隣《となり》に置こうとすると、「レモンだよ」と凪があたりまえのように言った。

「でんしゃのなかでいってたもん。やきそばとレモンのかきごおりたべたって」

おれたちは顔を見合わせた。覚えてたんだ、おれたちの会話。

「じゃあ、ありすちゃんはレモンね」

七海が湊から受け取って、ありすに差し出し、ありすの横に置いた。

サイダーを七海が、ブルーハワイを湊が取って、残ったイチゴをおれが食べた。氷の冷たさで舌が麻痺《まひ》してるのか、甘《あま》ったるいはずのシロップがやたらとうまく感じる。半分くらい食べたところで、氷はとけて色水になっていた。カップに口をつけてそれを飲み干すと吐《は》く息が冷たくなった。

「べーってしてみ」

湊が凪に言うと、凪は「べー」と舌を出した。

妖怪《ようかい》みたいな緑色の舌に「やべっ」と湊が爆笑《ばくしょう》する。

「おにぃは!」

べーと舌を出すと、今度は凪が「あおいろだー」とげらげら笑った。

おまえらガキだな……って、凪は正真正銘《しょうしんしょうめい》のガキだけど。

——いい子じゃなくていいのにな。

かき氷を買いに行ったとき、湊がぼそりと言ったことばだ。

「おれさ、凪にはわがまま言わせてやりたいんだ。やりたいことをやりたいっていって、いやなことは全力で拒絶《きょぜつ》して、生意気なこと言ってさ。そりゃあ、そんときはいい加減にしろよって思うこともあるけど」

だろうな、と笑うと、湊は横目でおれを見た。

「わがまま言うやつってどういうやつだと思う？」

「どういうって、我《が》が強いとか自己中とか」

うんうんと湊は苦笑《くしょう》して、それから「おれは」と手《て》の甲《こう》で汗《あせ》をぬぐった。

「自信のあるやつ、だと思う」

「自信？」

「そっ、愛されてるとか、必要とされているとか、なにがあっても自分の味方でいてくれる人がいるとか。そういうものを持ってるやつは言えるんだよ、普通《ふつう》にわがまま」

「……………」

「だからおれは、凪にはわがまま言えるやつになってほしいんだ」

「なってんじゃん。十分」

「だな」と笑う湊を、おれはちらと見た。

湊はどうなんだよ……。

「ん？　なに」

「いや、べつに」

なんだよ気持ちわりーな、と湊は顔をしかめた。

ありすのかき氷はすっかり溶《と》けて、カップの中はレモン色の液体になっている。

これからどうしたらいい？　やれることはやったとあきらめるのか？　それじゃあ去年と同じじゃないか。けど、ここにいるだれ一人、ありすの願いをかなえて、守ってやれるやつはいない。

どうしたら……。と、ありすがふらっと立ちあがり、足元のペットボトルをつかむと、凪にかけよった。

カニの入ったペットボトルだ。

ああああああぁ！

凪が声をあげて、ペットボトルを握《にぎ》りしめている。

「しんじゃったぁー」

貸してみ、と湊がペットボトルをつかんで、軽く揺《ゆ》すった。

「あ、生きてる」

湊が言うと、凪はそれを奪《うば》い取《と》るようにして顔の前に持ちあげた。見ると、はさみや足が弱々しく動いている。

「ごはんあげる」

「それより、逃《に》がしてやったほうがいいだろ、な」

湊が言うと、凪は強くかぶりを振《ふ》った。

「カニは、海にいるほうが幸せなんだぞ。ほら、こんな小さいところじゃ海水だってお湯になってんじゃん」

「やだっ」

顔を赤くして首を振る凪に、湊は大きく息をついた。

「なら死んじゃってもいいんだな」

「やだぁ」

「でも、凪がはなしてやらなかったら死んじゃうんだぞ」

「やあだあああ」

凪が半べそかきながらペットボトルを抱《だ》きしめている。と、ありすが凪の頭に手をのせた。いい子、いい子、とでも言うようにありすは凪の頭を撫《な》でた。

ずずっと鼻水を吸って、凪はペットボトルを胸から離《はな》すと湊に差し出した。

「えらいな。じゃあ、おうちに帰してやろう」

こくんとうなずく凪に湊は「よし」と言って、欄干《らんかん》から手を伸《の》ばしてペットボトルをひっくり返した。海水がちょろちょろと流れて、最後、静かにカニが海の中にすべり落ちた。

「ばいばーい、げんきでねー」

凪は欄干《らんかん》を握《にぎ》って海をのぞきこんでいる。

いまさら海に帰したところで、あの瀕死《ひんし》のカニが復活するなんてことはないと思う。けど、凪が自分で海に帰すことを決めた。それは無駄《むだ》なことだったとは思わない。凪の背中を押《お》したのはありすだ。なにもことばにはしなかったし、ありすがなにを思って、凪の頭を撫《な》でたのかはわからないけれど。ただ、湊にはできなかったことを、ありすがした。それだけはわかる。

……おれに、いまのおれたちに、できることもそれなんじゃないだろうか。

「ん」と、ミネラルウォーターのペットボトルを、ありすの首につけると、びくりとからだを揺《ゆ》らした。

「水飲めよ。熱中症《ねっちゅうしょう》になる」

「…………」

ペットボトルのキャップを開けてもう一度「ん」と差し出すと、今度はそれを受け取り、一気に半分ほど飲んだ。

「あのさ」と、おれはありすの前にしゃがんだ。

「おれ、さっきからずっと考えてたんだ。ありすが母親のところに戻《もど》されないですむ方法」

ありすが顔をあげた。頭上から湊と七海の視線も感じたけれど、おれはありすだけを見た。

「ごめん。おれ、ぜんぜん思いつかなかった」

なんだよ、と湊の声と七海のため息が重なった。

「でも気づいたんだ。そういう考え方が違《ちが》うんだって。考えなきゃいけないのは、ありすがどうしたら安心して暮らせるか、幸せになれるか、だろ」

ありすは数度瞬《まばた》きをしておれを見ている。

「わかりにくいかもだけど」

「ううん、わかる。そうだよね」

と答えた七海におれは小さくうなずいた。

「で？」と湊にじれたようにせっつかれて、深く息を吸った。

家に居場所がない、守ってくれる親や家族がいない、頼《たよ》る大人がいない……。そんな子どもを守ってくれる場所。

「児童相談所」

おれのことばに驚《おどろ》いたように七海と湊が目を見開いた。

「い、いまさら児相かよ⁉」

眉《まゆ》をひそめる湊に、スマホを向けた。

『児童相談所における相談援助《えんじょ》活動は、すべての子どもが心身ともに健《すこ》やかに育ち、その持てる力を最大限に発揮することができるよう子ども及《およ》びその家庭等を援助することを目的とし、児童福祉《ふくし》の理念及び児童育成の責任の原理に基《もと》づき行われる。このため、常に子どもの最善の利益を考慮《こうりょ》し、援助活動を展開していくことが必要である』


児童相談所を検索《けんさく》したとき、概要《がいよう》というところに書いてあった文章だ。

「なんか難しく書いてあるけど、要は、子どもを守るとこってことだろ」

「わたしも読んだことあるけど……信じられるのかな」

七海がありすに目をやると、湊は肩《かた》をあげた。

「担当者にもよるんだろうな。まさに担当ガチャ。担当者だとか児相によって対応が違《ちが》うってのはおかしいんだけど、事実そういうことってあるとは思う」

じそうって？　と、凪が小声で湊に聞いている。

「じゃあハズレだったらどうなるの⁉　残念じゃすまないよ。現に、児相が対応してたけど間に合わなかったとか、経過観察しているうちに……とかそんなニュースいっぱいあるんだよ。……これじゃあ、去年と同じじゃない？」

七海のことばに、ありすの目の奥《おく》が揺《ゆ》れた。

「違《ちが》うよ。ぜんぜん違うだろ」

おれが言うと、ありすが顔を向けた。

「あのときは、ありすを交番まで連れていくだけだった。そりゃあ、ありすの事情なんて知らなかったし、ただの迷子だって思ってたわけだし。でもいまおれたちはありすの状況《じょうきょう》を伝えることができる。保護してほしいっていうこともできる。それに、ありすはいまここにいるじゃん」

「……だから？」

湊も七海も首をかしげた。

「つまり、間に合わなかったってことにはならない」

それはたしかに、と七海はうなずいた。

「わたしたちが通報するんじゃなくて、ありすちゃんが自分で児相に行けばいいんだ」

そう、とうなずいた。

「もちろん、おれたちも一緒《いっしょ》に行って、これまでのことを話す。そうしたら去年みたいなことにはならないだろ」

七海は大きくうなずいて、ありすの前にかがんだ。

「きっと、ううん、絶対に大丈夫《だいじょうぶ》だから。児童相談所はありすちゃんを守ってくれるところなの……って、わたし、去年も同じようなことを言ったよね、交番で。おまわりさんは、ありすちゃんを守ってくれるって。だから、わたしの言うこと、信じられないかもしれない」

七海は小さく息をついて、ありすの顔をじっと見た。

「でも今度は違《ちが》うの。ありすちゃんのこと、ちゃんと話して、ちゃんと守ってもらう」

「ありすも、いやなことはいやって、ちゃんと言うんだ。おれたちもできることは全部やるから」

おれが言うと、「しゃーねーな」と、湊はありすの髪《かみ》をくしゃっとした。

コンビニでおにぎりやサンドイッチを買いこんで、駅に向かった。

「せっかく熱海まで来たのに、饅頭《まんじゅう》も揚《あ》げかまぼこもなしかよぉ」

レジ袋《ぶくろ》を持ちあげて湊がぶつぶつ言っている。

「観光で来たんじゃないんだから。それにそんなの買う金ないだろ」

「わたし買おうか？」

七海が苦笑《くしょう》すると、「マジ!?」と尻尾《しっぽ》を振《ふ》っている。

おいっ。

「おれ、チャージしてくる」

と、券売機のほうに向かおうとして足が止まった。背中にとん、と七海の肩《かた》があたる。

「ごめん」と言いながら、七海はおれの視線の先に目をやって、小さく声を漏《も》らした。

改札口の前に西村さんがいる。

無意識にありすの手を握《にぎ》ると、ありすは不思議そうな顔をしておれを見上げた。

「おれ、茶色い温泉饅頭《まんじゅう》がいいな、こんくらいので、って、どーした？」

湊が呑気《のんき》なことを言いながら近づいてきて、西村さんに気づいて喉《のど》を鳴らした。

「なんであの人がいんだよ」

なになに？　と、凪は湊の手をぶんぶん振《ふ》っている。

改札口から乗客がどやどやと吐《は》き出《だ》される。西村さんは邪魔《じゃま》にならないようにか、駅ビルのほうへと下がりながら、ロータリーのほうを気にしている。と、西村さんがこっちを見た。

すると、西村さんは人の間をすり抜《ぬ》けるようにこっちへ走って来た。

「よかった。ここにいたら会えるかと思って」

西村さんは大きく息をついて頭を下げた。

「さっきは、すみませんでした」

それから膝《ひざ》を折って、ありすの顔を見た。

「ごめんね、ありすちゃん」

ありすは戸惑《とまど》うような顔をして、つま先を見つめている。

ただ謝《あやま》るために待っていたんだろうか？　それはただの自己満足だ。自分のためだ。謝ることで楽になりたかった、それだけじゃないのか？

「それでわざわざここに？」

七海も同じことを感じていたのだろう。ことばにとげを感じた。

西村さんはかぶりを振《ふ》り、くっと顔をあげた。

「ありすちゃん、どうするつもりですか？」

「……それ聞いて、どうするんですか」

「どうって」

「西村さんには関係ないことでしょ」

「そうだよ、なんもできねーんだし」

湊が鼻を鳴らすと、「二人とも」と七海がたしなめるように言った。そんな七海に西村さんは小さく頭を揺《ゆ》らした。

「そう言われるのは当然だと思います。でも、パパにはなれないけど、ぼくにもできることはあるかもしれない。いえ、なにかしたいんです」

西村さんはありすの前に膝《ひざ》をついた。

「いいかな、ぼくも一緒《いっしょ》にありすちゃんのこと考えさせてもらって」

いいの？　と言うようにありすがおれを見あげた。

なんつう顔をしてるんだよ。

大きく息をついて湊と七海に目をやると、湊は肩《かた》をちょんとあげ、七海はこくりとうなずいた。

「なら、これから一緒《いっしょ》に行ってくれますか」

おれが言うと、「ありがとうございます」と西村さんは頭を下げて、「えっ」と、顔をあげた。

「行くって、どこへ」


上りの電車は、まだ日中のせいかがらんとしていた。ボックス席に湊と凪、七海とありすが向かい合って座《すわ》り、通路をはさんだボックス席に、おれと西村さんが斜向《はすむ》かいに座った。

「わっ、これマジうまい」

湊が、串《くし》にさしてある揚《あ》げかまぼこにかぶりついている。

西村さんが買ってきてくれていたのだ。

「よかった。田中水産《たなかすいさん》さんのがぼくは一番好きで。揚げたてはもっとうまいんですけど」

七海が袋《ふくろ》を持ちあげて、店の名前をチェックして「いただきます」とかじった。

「あ、本当においしい」

凪もありすも、もう三分の一ほど食べている。

たしかにうまい。すり身がぷりっとして弾力《だんりょく》があって、香《こう》ばしさが鼻を抜《ぬ》ける。

「それで、さっきの話なんですが」

西村さんがおずおずと口を開いた。

電車に乗ってすぐ、隣《となり》のボックス席でありすたちが揚《あ》げかまぼこやらコンビニで買って来たサンドイッチを広げている間、おれはさっきみんなで決めたことをざっくりと西村さんに話していた。

ごとんごとんと電車が一定のリズムをきざんでいる。

食べ終えた串《くし》をレジ袋《ぶくろ》に入れて「はい」と応えると、西村さんはちらとありすのほうを見て、おれに視線を戻《もど》した。

「児童相談所へ行ったら、母親とは離《はな》れて暮らすことになるってわかっているんでしょうか、ありすちゃんは」

「わかっているはずです」

そうですよね、と西村さんは唇《くちびる》にこぶしをあてた。

「じゃないと父親のところへ行こうなんて思わないんじゃないですか？　父親じゃなかったわけですけど……でも、ありすにとって逃《に》げていける、守ってくれるだれかは西村さんだったんです」

そうじゃなかったら、あんな伝票を大事に持ってるわけがない。

「正直、戸惑《とまど》っているんです」

西村さんはうなだれるようにして、小さく息をついた。

「戸惑う？」

「ありすちゃんは優香が、母親のことが大好きだったんです。保育園でもよくおりがみでチューリップとかきつねを作ってきてプレゼントしていたんです」

ぼくにじゃなくて、と西村さんは苦笑《くしょう》した。

「ありすちゃんが描《か》く優香の絵はいつも笑っていて。手をつないでいる二人の絵もよく描いていました。優香の服はなぜかいつもドレスなんですよ。優香が疲《つか》れた顔をしていると、ママかわいいねなんて言ってね。そうすると優香はちょっと笑って、ありすちゃんを膝《ひざ》にのせるんです」

「………」

「乳児院から引き取ったあと一年くらい、ありすちゃんはよく夜泣きをしました。優香はいつもありすちゃんを抱《だ》いて夜に散歩に出るんです。古いアパートでしたから、夜に赤《あか》ん坊《ぼう》が泣くと苦情を言われたんです。ぼくも行こうかって言うと、大丈夫《だいじょうぶ》って笑って。でも心配になって捜《さが》しに行ったことがあるんです。そのとき、街灯の下で優香がありすちゃんを抱いていて。本当にきれいでした。ばかなことを言ってるって言われるかもしれませんが、聖母マリアってこんな感じなんじゃないかな、なんて。あ、ぼくは浄土真宗《じょうどしんしゅう》ですけど」と、空笑いした。

おれが見たあの母親の姿とは、どうしても一致《いっち》しなかった。

たかだか二、三年の間にそんなに気持ちが、愛情が、変わるものだろうか。

西村さんの話を疑うつもりも、否定するつもりもない。でも、少なくともおれたちが見た母親は違《ちが》った。

雪の中一人でしゃがみこんでるありすも、コンビニの前で一人母親を待つ姿も、腹にロープを巻かれてガラス玉みたいな目をして玄関《げんかん》の横にたたずむありすも、背中に残った赤黒いあざも、まざまざと目に焼き付いている。

それが、おれたちが見た事実だ。

「ぼくには、ありすちゃんが母親から離《はな》れたがっているとは」

「西村さんっ」

思わず西村さんのことばを絶った。

「母親に愛されている子は、愛されている自信のある子は、母親に対していい子であろうとなんてしないと思います」

おれが言うと、西村さんは息をのんだ。

それからしばらく、なにも言わず車窓からの景色を目にうつしていた。向こうの席では、凪は湊の膝《ひざ》に頭をのせて、ありすは七海の腕《うで》にもたれながら寝息《ねいき》をたてている。

「それにしても」と、西村さんが口を開いた。湊と七海も視線を向けた。

「怖《こわ》くありませんでしたか？」

「怖いってなにが？」

湊が言うと西村さんは「だって」と口ごもって、「きみたちがいましていること」と続けた。

「べつにおれたちは。なっ」

そう言った湊に西村さんはかぶりを振《ふ》った。

「できないですよ、人のことにそんなふうに。そんなふうに他人に踏《ふ》みこめないです、ぼくは。踏みこむってことは、背負うってことですから」

「……そういうこと、考えてなかっただけです」

おれが言うと、西村さんは苦笑《くしょう》した。

「だったら余計にです。ぼくはどうしても自分のほうが大事で、守りたいと思っていた人も、守らなきゃいけないはずの人も守れなくて」

「でも、いま一緒《いっしょ》に来てくれてますよね」

そうですね、と西村さんは小さく息をついた。

「おれたち……去年、迷子だと思ってありすを交番に連れていったって、さっき七海さんが言いましたよね」

西村さんはこくりとうなずいた。

「最初は本当にそう思ったんです。へんだなってところはいくつもあったはずなんですけど、おれたちはそこはスルーしたんです。交番まで連れていけば役目は果たした、十分だろって。現に、交番に連れていったら、ありすの母親は迎《むか》えに来たし」

七海と湊の視線に気づいたけど、おれはそのまま続けた。

「それでおれら、警察署から感謝状までもらったんです」

笑っちゃいますよね、とおれは唇《くちびる》を歪《ゆが》ませた。

「あのとき、だれもありすから話を聞こうとしなかった。おかしなところに気づいていたのに、気づかないふりをして、見なかったことにして。だから」

「ありすちゃんのこと、今度こそちゃんと守りたいんです」

七海がまっすぐな目で言った。

あのときできなかったから。やれなかったから。やろうとしなかったから。

「ありがとう」とささやいた西村さんに、「いえ」と、おれはかぶりを振《ふ》った。

「おれらがしてることは、ありすのことだけど、ありすのためじゃないんです。たぶんおれは、おれ自身のためで」

「わたしも」「おれも」と七海と湊もうなずいた。

「そうですか。だったら、一緒《いっしょ》に来てよかったです。ぼくでも少しは役にたつかもしれない」

へっ？　と首をかしげると、西村さんは小さく笑った。

「少なくともぼくは大人だから。きみたちのことを守ることができるかもしれない」

「おれたちを？」

湊が笑った。

「優香と父親のこともぼくなら説明できるでしょ」

「それはたしかに」と七海はおれを見た。

池袋《いけぶくろ》へ着くと四時を過ぎていた。電車の中で調べた管轄《かんかつ》区域の児童相談所のある駅までそのまま向かった。駅から徒歩十分ほどの、役所や警察署、税務署などが集まった、いわゆる官庁街の一角に所木《ところぎ》児童相談所はあった。

「もう一度だけ確認させてください。ありすちゃんを保護してもらうってことでいいんですね」

西村さんはおれたちの顔を見て、ありすの前で腰《こし》をかがめた。

「ありすちゃん、おうちに帰ってもいいんだよ。ぼくがママに話をして」

ううん、とありすはかぶりを振《ふ》った。

「そうか。ママのこと、本当に嫌《きら》いになっちゃったんだね」

ありすはもう一度かぶりを振った。

「きらいになったのはママだよ。ママはね、ありすいらなくなっちゃったの」

西村さんはくっと目を見開いた。

「ありす、ママのことをきらいじゃない。でもすきじゃない。ありす、ママといるとね、ここがきゅってするの。きゅってして、いきができなくなるの」

ありすは人差し指を胸にあてて言った。

「……そうか」

西村さんは深く息をついて腰をあげ、二度おれたちにうなずいた。

「周東君」

顔を向けると、七海は「行こう」と口を動かした。

飾《かざ》り気《け》のないどこか寒々しいような薄《うす》いグレーの三階建ての建物を見つめた。

ここでおれが不安になってる場合じゃないだろう。

ありすはおれの手をきゅっと握《にぎ》った。

「行こう」

門を抜《ぬ》けて、右手にある建物の入口をくぐった。正面に受付があり、部屋の壁《かべ》に沿ってベンチシートが並んでいる。どことなく病院の待合室と似ている。

「すみません」

受付で声をかけると、カウンターの向こうにいる女の人が「こんにちは」と立ちあがった。

「どうかされましたか？」

「えっと、相談に。相談に来たんです」

「お約束いただいてますか？」

約束？　予約ってことだろうか。って、そんなの必要なのか？

「いえ、ありません」

七海が、問題でもあるのか、と言うようにぴしゃりと返すと、少々お待ちください、と受付の女の人は奥《おく》の部屋へ入っていき、すぐに戻《もど》って来《き》た。

「申し訳ありません、いま職員が不在で。のちほどこちらからご連絡《れんらく》させていただきますので、こちらをご記入ください」

「……じゃあ、おれが」

用紙を受け取ったとき、突《つ》きあたりの部屋のドアが開いて、どやどやと人が出てきた。

「では、なにかありましたらご連絡お願いします」

髪《かみ》を一つに結んだパンツスーツの女が言うと、ネームプレートを首からさげた児相の職員らしき、四、五十代の男と女は頭を下げた。

やけにぴりぴりしてんな、と受付の前でさりげなくその様子を見ていると、「行きましょう」と、パンツスーツの女はがたいのいい男に声をかけ、正面玄関《げんかん》のほうへと踵《きびす》を返した。同じタイミングで、「ドロップレンジャーだ！」と、凪がパンツスーツの女の前を横切って、壁《かべ》に貼《は》ってあるポスターの前まで駆《か》けていった。

「すみませんっ」

湊が頭を下げると、「あれ、人気だよね」と女は笑《え》みを浮《う》かべて歩き出した。

「ありすちゃーん！　みて！　ドロップレンジャー！」

凪が声をあげると、女は立ち止まり、振《ふ》り返《かえ》った。

次の瞬間《しゅんかん》、女は靴《くつ》を鳴らしておれたちの前までくると、ありすの前で膝《ひざ》を曲げた。

「眞中《まなか》ありすちゃん？」

どくっ、と心臓が跳《は》ねた。

ありすはおれのうしろに隠《かく》れるようにしてしがみついた。

「眞中ありすちゃんだよね」

うしろから、がたいのいい男が声をかけて、おれに警察手帳を開いてみせた。

「ちょ、ちょっと待ってください」

おれがありすをかばうと、女の警察官は膝《ひざ》を伸《の》ばしてあごをあげた。

「君たちはどうしてありすちゃんと?」

「どうしてって」

内臓が押《お》しあげられたようにひゅっとして、手のひらが汗《あせ》ばむ。

ありすの母親が行方《ゆくえ》不明の届けを出しているかもしれないとは思ったけれど、ここに警察官が来ているとは想像もしなかった。

女の警察官がおれの目をのぞきこんだ。

「君たちにも話を聞かせてもらう必要がありそうね」

そう言うと男の警察官に目配せした。

もしかして、おれたちは捕《つか》まる?

ありすを無断で連れ出したことは、ほめられたことではない。それはわかっていた。でも、あのままなにもしなかったら、ありすはどうなってた? 見て見ぬふりをすればよかったのか? 児相に通報して任せればよかったのか？　いや、たぶんそうなんだ。それが正しくて、常識で、マルなんだ。でももし、それで問題ないだの経過観察なんてことになって……。

おれのうしろに隠《かく》れるようにして、ありすは痛いくらいにおれの手を握《にぎ》っている。

その手をおれも握り返した。

「あの」と、だれかがおれと警察官の間にからだを入れた。

「西村さん……」

「すみません、話はあとでにしていただけますか。この子たちは、ここに、児相に相談に来たんです」

だからね、と男の警察官は冷笑《れいしょう》した。

「行方《ゆくえ》不明の届けが出されているんですよ」

「それで捜査《そうさ》を？」

たしかに行方不明の届けを出したからといって、こんなに早く警察が捜査するとは思えない。

――年間でたしか八万人以上じゃなかったっけ。

行方不明者の数を沢渡《さわたり》がそんなふうに言っていた。沢渡の兄ちゃんがいなくなったとき、届けを出したとも……。でも警察が捜査に乗り出すのは事件性のある場合くらいだと言っていたはずだ。

「母親が、事件性の疑いがあるとでも」

七海が問うと、「それは母親ではなく保育園からの」と男の警察官が言い、そのことばを絶つように「大森君《おおもり》」と女の警察官が声をかけた。余計なことは言うなということだろう。

「とにかく、眞中ありすちゃんはこちらが保護します」

と、ありすに手を伸《の》ばした女の警察官の体勢が、わずかに崩《くず》れた。

「だめー！　だめだめだめ！」

凪が小さいこぶしを、警察官の背中に何度も何度もぶつけている。大森という警察官がこらこらと凪を抱《だ》きかかえると、湊があわてて凪を奪《うば》い返《かえ》した。

「だめだめだめだめ」

湊の腕《うで》の中で、凪が悲鳴をあげるように叫《さけ》んでいる。児相の職員も戸惑《とまど》うように様子を見ている。

「ありすちゃんは、ぼくのところに来てくれたんです！　だから、警察にはぼくが行きます」

西村さんの声に女の警察官が振《ふ》り返《かえ》った。

「あなたは、ありすちゃんとどういう関係ですか？」

「ありすちゃんの母親と以前交際していて、三人で二年ほど暮らしていました」

「眞中ありすちゃんの父親ということですか」

「生物学的にも戸籍《こせき》も違《ちが》いますけど、二年ほど、父親として接していました」

西村さん……。

「今回のことは、ぼくにも責任があって。それで、一緒《いっしょ》にここへ」

警察官二人は黙《だま》っている。

「この子たちに時間をあげてほしいんです」

「われわれとしては、まずありすちゃんを」

「だからっ！」

西村さんが声を荒《あら》らげた。

「だから待ってくれって言ってんです！」

おれたちも驚《おどろ》いたけれど、西村さん本人が一番驚いた顔をした。

「あ、すみません……。でもこの子たちは、ありすちゃんを守ろうとしているだけなんです」

「母親から？」

女の警察官が静かな声で言った。驚いた顔をするおれたちに、「虐待《ぎゃくたい》ですね」と付け加えるように言った。

西村さんは、おれたちに目をやってから、「はい」とうなずいた。

「わたしたち、児相の人に話を聞いてもらうまで、ありすちゃんと離《はな》れるわけにいきません」

声を震《ふる》わせる七海の隣《となり》で「おれも」と湊はあごをあげた。

女の警察官が、ため息交じりに小さくかぶりを振《ふ》った。

「あなたたちが眞中ありすちゃんを連れ出した。違《ちが》いますか？」

「そうです」

「君たち、自分たちのしていることわかってる？」

「わかってます」

七海が言うと、女の警察官はあごを上げた。

「守りたいというのなら、勝手に女児を連れ出すのではなく、児相なり警察へ通報するべきでしたね」

「できなかったんですよ。この子たちは」

「通報の義務を知らなかったと？」

眉《まゆ》をひそめるようにして言う警察官に、「違います」と西村さんは否定した。

「通報しても、助けることはできないと思ったんです」

「…………」

「警察も児相も、彼《かれ》らは信じることができなかった。だから自分たちで……彼らにそう思わせてしまったのは、大人の、ぼくらの責任です」

西村さんのことばに、七海は泣くのをこらえるようにして鎖骨《さこつ》のあたりに手をあてた。

「わたしからもよろしいでしょうか」

さっき警察官に頭を下げていた、中年の男が歩み出た。首から下がっているネームプレートには、湯本《ゆもと》と名前が書いてあり、『児童福祉司《じどうふくしし》　課長』とある。

「わたしたちは連絡《れんらく》があれば、数分でもかまわないからとにかくその日に駆《か》けつけるようにしています。なぜかわかりますか？　一度でもサインを見逃《みのが》すと、次は連絡をしてくれなくなる。信《しん》頼《らい》してもらえなくなる可能性があるからです」

湯本さんは頭を下げた。

「救える可能性のある子どもや親を救えなくしないでください」

それから湯本さんは、おれたちのほうにからだを向けた。

「来てくれてありがとう。話を聞かせてください」

女の警察官はもう一人の警察官と目を合わせてから「困りましたね」とつぶやいて、うなずいた。

「では、児相から保護した旨《むね》、報告してください。君たちには後日話を聞かせてもらいますから、名前と連絡先《れんらくさき》を聞かせていただきます」

いいですね、と言って、もう一人の警察官に聞き取るよううながし、「ん？」と、視線を下げた。

凪がジャケットを引っ張りながら女の警察官を見あげていた。

「ぶってごめんなさい」

ああ、と女の警察官が目をわずかにやわらげて、膝《ひざ》を曲げた。

「ありすちゃんは、大事なお友だちなんだね」

「うん！　りっくんも、ななみちゃんも！」

湊に言われて、涙目《なみだめ》になりながら警察官へ謝《あやま》りに行った凪だったけれど、もう笑顔《えがお》だ。

「ではみなさん、こちらへどうぞ」

湯本さんに言われて、おれたちは相談室と書かれた部屋に入った。

第六章

ありすは一時保護されることになった。

おれたちはといえば、翌朝、警察署へ行き、ありすを連れ出した経緯《けいい》を三人別々にしつこく聞かれた。事情はわかってもらえたものの、吉木《よしき》さんというあの女の警察官からこんこんと説教された。

「本人の同意があっても、保護者に断りなく未成年者を連れていったら、それは未成年者誘拐《ゆうかい》罪になるの。どういう事情があったって、君たちがしたことは犯罪なんだよ」

それはわかっていたと言うと、「ばかかっ!」とつばを飛ばして怒鳴《どな》られた。

「きみたちのしたことは間違《まちが》ってる。結局、なにもできなかった。違う!?」

そのことばにおれたちはなにも言えなかった。なにもできなかったのは事実だ。助けたい、このままじゃいけない、守りたい……その気持ちだけで右往左往して。

「それでも」

吉木さんは真剣《しんけん》な目を向けた。

「本当にだめなのはわたしたち大人だね。頼《たよ》れない、信じられない、任せることができないって……久しぶりにこたえた」

そう言って、すっと視線をそらした。

「信じてもらえるには積み重ねていくしかない。一日一日、一件一件、一人ひとり」

と、つぶやくように吉木さんは言った。

児童相談所の湯本《ゆもと》さんや西村《にしむら》さんの嘆願《たんがん》もあって、おれたちが罪に問われることはなかった。

九月に入ってまもなく、西村さんから連絡《れんらく》があった。ありすのことで、一度会えないかと言われて、日曜に会うことになった。

からこんからこんと、ドアベルの音がして、七海《ななみ》が入って来た。奥《おく》の席で手をあげると、七海も右手を小さくあげてこっちに来た。

「久しぶり」

「おっす」

七海と会うのは、あの翌日、警察署に行った日以来だ。

七海はトートバッグをいすの背にかけながら、テーブルの上のオムライスを見て笑った。

「あ、この店、子どものころ何回か来たことあってさ。オムライスがうまい店って記憶《きおく》があって」

「そうなんだ。記憶《きおく》は合ってた？」

おかしそうに笑う七海に、おれは黙《だま》って親指を立てた。

「じゃあわたしも今度食べてみよ」

西村さんから、ゆっくり話せる店あるかな、と言われて、ファミレスやファストフード店以外で思いついたのがここだった。昭和レトロっぽい喫茶店《きっさてん》だけど、テーブルとテーブルの間隔《かんかく》が広くて、コーヒー一杯《ぱい》で何時間もねばれるような店だ。

「七海さん、もしかしてここいやかなって思ったんだけど」

「どうして？」

「いや、なんていうか」

ここは、七海が実の父親と会っていた店だ。西村さんに伝えたあと、しまったと思ったのだ。

「もしかしてお父さんのこと？」

まあ、と曖昧《あいまい》に返すと、七海は目じりを下げた。

「お父さんとはここ以外でも会うことあるし。そんなこと気にしてたら、入れないお店がいくつもできちゃうよ。今度ここ来たら、お父さんにもオムライスすすめてみる」

七海に無理をさせてしまったような、ほっとしたような。おれはオムライスを口につめこんだ。

ほどなくして、西村さんが入って来た。

七海はおれの隣《となり》に席をうつし、正面に西村さんが座《すわ》った。

「呼び出しちゃってすみません」

「いえ、おれたちも話聞きたかったんで」

「ありすちゃんのことも、弁護士さんを頼《たの》んでくださって。いろいろありがとうございます」

七海が頭を下げると、西村さんはとんでもない、とかぶりを振《ふ》った。

「ぼくが優香《ゆうか》と話しても、彼女《かのじょ》を説得できるか自信がなくて。だからフラットな立場で見ることのできる第三者を間に入れたほうがいいって思ったんです。それで弁護士を」

そう言ったところで、派手にドアベルが鳴り、湊《みなと》が入って来た。

「おせーよ」

文句を言うと、湊はテーブルにのっている水をがぶ飲みして、大きく息をついた。

「凪《なぎ》をまいてくんの、めちゃくそ大変だったんだかんな」

と言って、隣の席の西村さんに「ども」と顔を揺《ゆ》らした。

「凪君、元気ですか」

「元気っす。運動会でなわとびやるみたいで、いまはうしろとびの特訓中」

西村さんは笑顔《えがお》でうなずいて、なにか注文しましょう、とメニューを開いた。おれと西村さんはコーヒー、七海はココア、湊はメロンソーダを頼《たの》んだ。

「それで、弁護士さんは?」

七海が、途中《とちゅう》になっていた話に戻《もど》すと、湊は「弁護士って?」とおれの顔を見た。

だから遅《おく》れてくんなって、とおれが顔をしかめていると、西村さんが「えっとですね」と、
さっきより丁寧《ていねい》に説明を始めた。

「児相の一時保護というのは、原則二か月なんだそうです。その間に、保護した子を家へ戻すべきか、それ以外の形をとるかを児童相談所が判断するということなんです」

「それ以外というのはどういう?」

七海がすかさず尋《たず》ねた。

「たとえば児童養護施設《しせつ》だったり里子だったり。でも一番多いのは元の家庭に戻る子どもだそうです。もちろん、子どもの安全が確保されて、環境《かんきょう》が本当に改善されていれば親元に戻るほうがいいと思います。でも、優香の場合……彼女《かのじょ》自身も父親の問題を抱《かか》えていて、どう考えても厳しいと。それでも、優香はたぶんありすちゃんを手ばなそうとしないと思うんです」

「邪魔者扱《じゃまものあつか》いだったじゃん」

吐《は》き捨《す》てるように言った湊に、七海がうなずいた。

「でもそういう話、よく聞くよね。一時保護が解除されて家に戻ったら、もっとひどい状態に

なって……。子どもと暮らしたかったんじゃないの？　愛しているんじゃないの？　って。本当に矛盾《むじゅん》してる。子どもを大切にできないなら、戻《もど》してほしいなんて言わないでほしい」

だな、とおれはうなずき、ため息をついた。

「ありすちゃんのためにも、優香のためにも離《はな》れたほうがいいんです」

西村さんは落ち着いた声で言った。

「でもそういうことはぼくが口出しできることではないし、仮に言ったとしても、彼女《かのじょ》はぼくの言うことを聞くとは思えなかったんです。フラットな立場で見ることのできる第三者を間に入れたほうが、優香も受け入れやすいだろうと思って。それで、弁護士を頼《たの》んだんです。ぼくの大学時代の先輩《せんぱい》なんですけど」

「それで、ありすは」

「児童養護施設《しせつ》に決まりました。保育園側も証言をしてくれて」

あの日、ありすが保育園に登園してこないことで母親に連絡《れんらく》したけれど、電話はつながらなかった。以前からときどきありすのからだにあざがあったことや、母親とのやり取りの中から、保育園は母親による虐待《ぎゃくたい》を疑っていた。児相にもありすのことは相談をしていて、一度訪問をとと話が進んでいたのだという。そんな中で、ありすの所在がわからず、母親とも連絡が取れないことから、保育園が児相と警察に通報をしたということだった。

「優香の父親は施設《しせつ》への入所が決まったそうです。優香も神経科と女性センターのケースワーカーさんが関わってくれています。父親と別れることで精神的には落ち着くのではないかということですけれど、時間はかかると思います」

「ありすが、施設から出されて母親のところに戻《もど》されるってことはないですよね」

おれが言うと、西村さんは「大丈夫《だいじょうぶ》です」とうなずいた。

「児相もそのあたりの事情はよく理解していますし、ありすちゃん本人が家に戻ることを拒《こば》んでいますから」

「そうですか、ならよかったです」

な、と湊と七海に視線を合わせた。

「それからコンビニでのことなんですが、優香がありすちゃんを外に待たせたままっていう」

「あ、はい。なにかわかったんですか」

西村さんは一度視線を下げて、コーヒーカップのふちを指でこすった。

「彼女《かのじょ》、父親の家へ戻ってから昼の仕事に就《つ》いていたそうなんですけど、たぶん、いろいろ大変だったんだと思います。それで……一人の時間が欲《ほ》しかったと」

「なんだそれ」

自分都合のくだらない理由に思わずこぼれた。

仕事をして、娘《むすめ》を迎《むか》えに行って、家に帰れば介護《かいご》の必要な父が手ぐすね引いて待ってるんです。背中が痛い、からだを拭《ふ》け、部屋が汚《きたな》い、腹が減った、ありすの声が頭に響《ひび》く、ありすの食べ方が汚い、どういうしつけをしているんだ……。

要求がグチになり、怒声《どせい》に変わって、最後はものが飛んでくる、杖《つえ》で叩《たた》かれるんです。一人になりたくて、コンビニでコーヒーを一杯《ぱい》飲む。それのなにがいけないんですか。わたし、せめられるようなことしていますか？　ありすなんかより、わたしのほうがずっと……。

ありすの母親は弁護士にそう言ったのだと、西村さんは言った。

「ありすちゃんのことは考えていなかった……考えられなかったんだと思います。それだけ優香も追《お》い詰《つ》められていたんです」

「だったら家を出りゃよかったじゃん。働いてんだし、大人なんだから。……おれんちのかーちゃんも大概《たいがい》だけどさ、ばあちゃんがいるとはいえ、おれたちのこと捨てて、自分の幸せを優先したわけだから。けど、あの人はそれだけの覚悟《かくご》をして出てったんだと思う。子どもを捨てるって」

湊は息をついた。

子どもを捨てる覚悟《かくご》……そんな覚悟ほめられたことじゃない。正直、どっちもどっちに聞こえる。それでも湊は自分の母親のほうがマシだと言う。そうなんだろうか。

「かーちゃんのこと許せないけど、やっぱおれは嫌《きら》いになれないし。心のどっかで、いつかかーちゃんが帰ってきて、また一緒《いっしょ》に暮らせるんじゃないかって。でもありすは違《ちが》うだろ。母親とは暮らしたくない。家より施設《しせつ》を選んだ。ありすは母親を捨てた。……子どもに、親を捨てさせんなよ」

ことばに詰《つ》まった湊の手に、七海が手を重ねた。

「青山君の言うとおりです」

西村さんは静かに息をついた。

「親を捨てられなかった。それが優香のやさしさで、弱さなんだと思います。結果、娘《むすめ》を犠牲《ぎせい》にしてしまった」

「優香さん、一度は家を出たのになんで戻《もど》っちゃったんでしょう」

熱海《あたみ》で西村さんから聞いたときから、ずっと気になっていた。

「ぼくも不思議だったんです。優香は父親を恐《おそ》れていましたから。最初は、もしかしたら、ぼくと別れて一人でありすちゃんを育てることに不安を感じたとか、そういう理由かと思ったんです」

「違《ちが》ったんですか」

七海が言うと、西村さんは口を結んでうなずいた。

「父親が脳梗塞《のうこうそく》で倒《たお》れて、左半身不随《ひだりはんしんふずい》になったそうなんです。それで優香を捜《さが》させて、世話が必要だからと戻《もど》らされたそうです」

「え？　それだけで？」

いくら病気で世話が必要だからといって、それで逃《に》げてきた父親のところへ戻るだろうか？おれなら間違いなく無視する。と思う。

「ぼくも信じられませんでした」

西村さんがため息をつくと、七海は首をひねった。

「わたしはわかる気がする」

おれたち三人の視線が同時に七海に向いた。

「いやだとか、やめたほうがいいとか、そういうことじゃないんだと思う」

七海がありすの母親を擁護《ようご》するようなことを口にしたのは初めてだ。どんな事情があっても、ありすにしたことは許されることではないのだと一貫《いっかん》して非難していた。おれたちの中で一番ありすを気にかけて、守ろうとしていたのも、たぶん七海だ。

「七海さん？」

「べつに優香さんをかばってるわけじゃないの。ありすちゃんにしていたことは、許されることじゃない。でも、優香さんも父親の前では弱者だったんだよね。この人に言われたことはやらなきゃいけないって、そんなふうに心が……頭が支配されてるんじゃないかな。はたから見たら選《せん》択肢《たくし》はいくつもあるんだよ。逃《に》げることだってできたはず。他人はいくらでも正解を言えるでも、拘束《こうそく》されてるの。見えないなにかに。本人も気づかないまま」

七海は静かに息をついた。

「わたしも、どこか親に対してそんなところがあったと思う。もちろん優香さんとお父さんの関係とは違《ちが》うけど、親の顔色を見て。でもそれじゃあ、わたしは自分を幸せにすることはできない。わたしはわたしだから。わたしの人生はわたしのものだもん」

七海のことばはすごく静かで、だけど強く響《ひび》いた。

「ありすちゃんはすごいよ」

「だな」と、湊はうなずき、西村さんは七海を見てやわらかく目じりを下げた。

おれは……おれはたぶん、恵《めぐ》まれてるんだ。湊のように、早く大人になりたいなどと思ったこともないし、守りたいものがあるわけでもない。七海のように、親に振《ふ》り回《まわ》されることも、背負うこともない。ありすのように、親に疎《うと》まれたことも、ない。小さな苛立《いらだ》ちや不満はあっても、それはおれをしばるものではない。

あたりまえだと思っていた。両親がいることも、守られることも、なにがあっても親は最終的には受け止めてくれる存在であることも。

平凡《へいぼん》だと思っていたことは、少しも平凡なのではない。たまたま、偶然《ぐうぜん》、ラッキーの積み重なりなんだ。

そんなこともわかっていなかった。そのことが、いま無性《むしょう》に恥《は》ずかしい。

十六歳《さい》。高校生のおれたちはなにもできない子どもじゃない。かといって、大人でもない。着るものも食べるものも住む場所も、与《あた》えられて生きている。それでも、おれたちは親の所有物でもないし、従属させられる関係でもない。

おれはおれのもので、おれの人生はおれが選んでいくものだ。

湊も、七海も、ありすも。

「ありす、元気ですか?」

一時保護のとき、おれたちの面会は認められなかった。

「友だちもできてね。楽しそうにしてました」

西村さんは口角をあげて、数度うなずいた。

一時間ほど話をして、西村さんと別れた。

だれが言い出したわけでもなく、自然とおれたちは線路沿いの道を歩いた。中三の冬、ありすを抱《かか》えて駅前の交番へ向かった道だ。

あのとき、ありすを抱《だ》きあげたとき軽くて驚《おどろ》いて、なのに腕《うで》の中で暴れたとき、あまりの力強さに圧倒《あっとう》された。

「いつか会えっかな」

湊がつぶやいた。

「カルボナーラ、わたし作ってあげるって約束したんだ」

七海は空を見あげて微笑《ほほえ》んだ。

おれは……。

「会えなくてもいいよ、おれは」

「わっ、律希《りつき》つめてー」

うっせーよ。と苦笑《くしょう》すると、七海が「そうかもね」とうなずいた。

会えなくていい。ありすがおれたちを思い出して会いたいと思うより、おれらのこと忘れるくらい楽しいことがあって、信頼《しんらい》できる友だちや大人と出会って、愛されて、それで、幸せになってくれるほうがいい。

ありすのことは、おれが、おれたちがずっと忘れないから。

それで、いつかどこかで、笑顔《えがお》のありすと街のどこかですれ違《ちが》うことがあったらいい。

ヒッ、ヒッ、ヒッ

頭上で鳥の鳴き声がした。

椿《つばき》の枝にジョウビタキがとまっていた。

いとう みく

神奈川県生まれ。『糸子の体重計』（童心社）で日本児童文学者協会新人賞、『朔と新』（講談社）で野間児童文芸賞、『きみひろくん』（くもん出版）でひろすけ童話賞、『あしたの幸福』（理論社）で河合隼雄物語賞、『ぼくんちのねこのはなし』（くもん出版）で坪田譲治文学賞を受賞。『二日月』（そうえん社）、『チキン！』（文研出版）、『天使のにもつ』（童心社）などが青少年読書感想文全国コンクールの課題図書に選ばれた。他の著書に、『かあちゃん取扱説明書』（童心社）、「車夫」シリーズ（小峰書店）、『夜空にひらく』（アリス館）などがある。全国児童文学同人誌連絡会「季節風」同人。

真実《しんじつ》の口《くち》

2024年4月9日　第1刷発行
2024年11月11日　第3刷発行

著者……いとうみく
発行者……安永尚人
発行所……株式会社講談社
〒112-8001
東京都文京区音羽2-12-21
電話　編集　03-5395-3534
販売　03-5395-3625
業務　03-5395-3615
印刷所……株式会社精興社
製本所……株式会社若林製本工場
本文データ制作……講談社デジタル製作

N.D.C. 913　271p　20cm　ISBN978-4-06-534411-8
JASRAC　出2400131-403

本書は、書きおろしです。